Impressum:

2. Auflage 2012
Herausgeber: Gisela Nebel
Deckblatt: Gunnar Nebel, Originalfoto Archiv Nebel
Rückseitenfoto: Herbert Mathes

Satz und Druck: Druck und Mehr C. Greschow
Spremberger Straße 66, 03119 Welzow
Telefon: 035751 28158, Fax: 035751 27082
E-Mail: info@druck-und-mehr-greschow.de

ISBN: 9781703306248

Bildnachweise: Gunnar Nebel/Archiv Nebel/Wikipedia

Als Erste über´s Haff...

Kindheit, Jugend und Flucht aus Königsberg

Erlebnisse und Geschichten
von Ursula Sabine Nebel, geb. Kudling

Samlandküste bei Rauschen
Foto: Gunnar Nebel 2001

Zur Erinnerung

an unsere Mutti und Oma

Ursula Sabine Nebel

geb. Kudling

geb. am 17.01. 1926 in Königsberg / Juditten
gest. am 22.02.2010 in Aue / Sachsen

und an Ostpreußen

Inhalt

Als Erste über`s Haff

„Und meine Seele spannte weit ihre Flügel aus,
flog durch die stillen Lande
als flöge sie nach Haus“

J. v. Eichendorff

Es begann alles in Warnemünde. Wir, die Kinder und Schwiegerkinder von Sabine Kudling, geboren in Königsberg/Juditten - verheiratete Nebel - hatten ihr den letzten Wunsch, nach ihrem Tod zurück in die Heimat, nach Ostpreußen zu kommen, erfüllt.
Sie hatte sich gewünscht, im Rahmen einer Seebestattung von Warnemünde aus zurück in ihre alte Heimat, zum Pregel, nach Königsberg „zu schwimmen“.

Die Beisetzung der Urne in die Ostsee vor Warnemünde war für sie symbolisch gesehen mit einem weinenden und einem lachenden Auge. Wir sollten nicht nur Trauer empfinden, sondern auch für sie das Erlösen ihrer Schmerzen und ein ruhiges Einschlafen für immer.
Sie war 85 Jahre alt geworden und hatte uns im Laufe ihres Lebens ein gutes „Erbe“, das Nichtvergessen ihrer Kindheit und Jugend in Ostpreußen, ihrer Flucht 1945 und ihrem Neuanfang in Zwönitz als Lehrerin hinterlassen.

Sie hat uns immer wieder von ihrer schönen Heimat Ostpreußen, von ihren Erlebnissen und dem späteren Wiederfinden der Eltern erzählt. Ihre Eltern sind Ende Januar 1945 mit ihrem Bruder Eckhard von Königsberg/Metgethen aus über Pillau geflohen und am 25.02.1945 von Gotenhafen aus nach Saßnitz mit dem Passagier-Schnelldampfer „Potsdam“ (Anhang 1) gefahren. Sie landeten später in der damaligen BRD.

Sabine hat immer wieder Dokumente, Briefe und Bücher aus der Zeit in Ostpreußen gesammelt. Sie suchte ständig Kontakte mit Personen aus dieser Zeit. Für sie war das Wiederfinden der

Schulfreundinnen, das Nichtvergessen der Schulzeit wichtig. Briefe, Bilder und Karten liegen uns heute noch vor.

Dieses Nichtvergessen der Heimat, die Sehnsucht nach Ostpreußen hat Gert O.E. Sattler treffend formuliert. Sie sprachen aus ihrem Herzen:

„Wer seiner Heimat freiwillig den Rücken kehrt,
findet sie im Kopf wieder, ab und zu.
Wer aus seiner Heimat gewaltsam vertrieben wird,
trägt sie im Herzen, immer und ewig."

Sabine trug ihre Heimat stets im Herzen. Sie erzählte immer wieder von ihrem Leben. Machte uns vertraut mit den Weiten und Schönheiten der Natur Ostpreußens, mit den damals in Ostpreußen lebenden Menschen, mit ihren Gewohnheiten bis hin zu den immer wieder liebevollen Aussprachen wie zum Beispiel Erbarmung, Offizierchen, Marjellchen, Muttchen, Pischkachel, um nur einige wenige zu nennen.

Unvergessen blieb für sie, dass sie damals, am 27.01.1945, als Erste mit ihrem „Flüchtlingsbruder" Horst über das zugefrorene Frische Haff (Anhang 2) von Braunsberg aus nach Kahlberg gingen. Ihnen schlossen sich dann später riesige Kolonnen von Flüchtlingen mit ihren Trecks an. Es war damals der einzige Weg auf der Flucht vor den Russen. Darüber berichtet sie selbst später ausführlich.

Über das Leid und Elend der Millionen Menschen, die damals auf grausamste Weise starben, wurde bereits in vielen Büchern, Filmen und Erzählungen berichtet.

Für Sabine stellte sich immer wieder die Frage: Waren wir wirklich die Ersten, die damals am Morgen des 27.01.1945 über das zugefrorene Haff gingen? Sie schrieb damals an Ruth Geede im Ostpreußenblatt. In der Rubrik „Eine ostpreußischen Familie" wurde ihre Frage veröffentlicht. Briefe, Antworten von damals lebenden Personen bestätigten ihr, dass sie damals am 27.01.1945 wirklich

als Erste übers Frische Haff gingen. War es damals ihre Unbefangenheit, ihre Jugend, dass sie als Erste das Eis betraten?
Darüber wird noch an späterer Stelle nach ihren eigenen Aufzeichnungen zu lesen sein.

Sie wollte bereits 1945, nach dem Ende der Flucht, ihr „1. Buch" schreiben, kam aber nie dazu. Sie wurde damals, 19-jährig, Neulehrerin, heiratete ihren Rolf, gründete eine Familie und arbeitete über 40 Jahre als Lehrerin.

Ihre Erzählungen wurden so im Laufe der Zeit in unseren Köpfen „gespeichert", von uns aufgeschrieben. Sie selbst veröffentlichte Berichte, Erlebnisse im Wehlauer Heimatbrief, im Königsberger Bürgerbrief. Auch über Ruth Geede erschien in dem Buch „Das Bernsteinkettchen" ein Erlebnis aus der Kindheit. Eine Freundschaft verband sie auch mit der Autorin Elisabeth Schulz-Semrau.

Am 22.02.2010 verstarb sie und am 20.03.2010 fuhren wir von Warnemünde - Hohe Düne - mit der „Rugard" hinaus auf die Ostsee. Zum Abschied erklangen die Lieder „Annas Flucht" und das „Reiterlied" von Bernd Krutzinna. Sie spiegelten nochmals ihr Leben, ihre damaligen Sehnsüchte wieder.

Nach der Seebestattung, der sehr emotionalen Verabschiedung, kam uns der Gedanke, ihr „1. Buch" mit ihren eigenen Worten, Ihrem Ausdruck und eigenem Satzbau den für sie typischen Formulierungen zu schreiben. Auch die Enkelkinder sollten nicht vergessen, woher ihre Oma kam, was sie erlebt hat und auch nicht das damalige Ostpreußen.

Gisela Nebel

Sabines Vorwort

So, jetzt 2001, habe ich die 75 geschafft und wieder Auftrieb durch meinen Sohn und seine Frau bekommen. Sie schickten mir ein nettes Weihnachtsgeschenk. Sie hatten nochmals mein „1. Buch“, meine ersten Aufzeichnungen zusammengefasst und aufgeschrieben, so dass ich es jetzt noch einmal probieren will.

Obgleich ich doch oft im Krankenhaus war und auch 1995 dem Totengräber von der Schaufel „gehüpft“ bin, war ich nicht untätig. Ich gestaltete 3 dicke Familienfotoalben als Familienchronik und ein dickes Fotoalbum über Ostpreußen, speziell über Königsberg und Tapiau mit alten und neuen Fotos zum Vergleich.

Immer hatte ich mir gewünscht und gehofft, dass wir ein einziges Deutschland werden und dass auch ich meine Heimat wieder sehen würde! Aber das ich es noch erleben durfte und „nach Hause“ fahren würde, daran habe ich nicht mehr geglaubt. Einmal nach Sarkau, Nidden, die Wanderdünen, das Kurische Haff und die Ostsee richtig kennen lernen. Ein Herzenswunsch!

Ja, so „vergeihd de Tied“ und ich bin froh und glücklich, dass ich mir noch ein Stückchen Heimat zurück geholt habe. Einmal 1991 mit einer lieben Schulfreundin Hildchen aus Königsberg. Wir flogen von Hannover aus „nach Hause“, nach Tapiau. Es waren unvergessen Tage!
Zweimal fuhr ich noch mit meinem Mann Rolf nach Königsberg und Tapiau, zur Kurischen Nehrung, den „weißen Dünen“, und durfte die Ostsee und das Haff wieder erleben.

Ich machte diese drei Reisen in meine Heimat und konnte endlich meinen Kindheits- und Jugendspuren nachgehen, konnte Königsberg, Tapiau, die Kurische Nehrung neu entdecken und habe so viel Altes und Neues gefunden. Über diese Reisen berichtete ich auch für den „Königsberger Bürgerbrief“ mit der Überschrift: „Ein langjähriger Traum ging in Erfüllung“ und „Ich suchte zum 2. Mal das Kanthäuschen und fand mein Geburtshaus in Juditten“

Es fehlte mir nur noch ein Kurenwimpel. Ich hatte mir als Kind damals einen Kurenwimpel aus Sperrholz gearbeitet und wunderschön bemalt. Es war in der Zeit, wo ich damals mit meinen Eltern in Sarkau Urlaub „gemacht" hatte.
Durch das „Ostpreußenblatt" bekam ich die Adresse von Herrn Kliehr, von dem ich promt einen herrlichen Kurenwimpel kaufen konnte. Und dazu noch einen „Echten", von einem Fischer aus Nidden.

Er hängt in meinem „kleinen Heimatmuseum", auch liebevoll das „Bernsteinzimmer" genannt, über meiner Liege. Natürlich hängt auch das Gedicht von Agnes Miegel „Die Frauen von Nidden" mit Bildern von der „weißen Düne" und der „hohen Düne", zusammen mit vielen anderen Andenken und „Brücken" an die Heimat.

Eine schöne Fast-Heimreise machte ich mit meinem Mann Rolf und meinem Sohn Gunnar mit Frau im August 1995 nach Marienburg, Danzig, Elbing, Oberlandkanal und Frauenburg und war fast an der Stelle, wo ich im Februar 1945 von Braunsberg aus übers vereiste Frische Haff nach Kahlberg geflohen bin.
Über diese Zeit sowie die Flucht werde ich noch schreiben.

Mein Sohn Gunnar „schenkte" mir zwei Enkelkinder, Veikko (geb. 1972) und Björn (geb. 1976) und am 05.03.1997 „schenkte" meine Tochter Maike uns eine kleine Wencke. Sie gab uns, besonders mir, als Mutter und Oma viel Freude und gab mir weiterhin Kraft.

Gleich nach Weihnachten, beflügelt durch die Aufmunterung der Frau meines Sohnes, begann ich mein ganzes gesammeltes ostpreußisches Material wieder neu zu sortieren. Zwei Wochen konnte man in meinem Zimmer nur über Mappen, Hefter, Alben steigen. So viel hatte sich angesammelt.
Ich war überrascht, wie viel gutes Material ich gesammelt hatte und habe mich natürlich gleich in meine Kinder- und Jugendzeit und meine Heimatbesuche hineingesteigert. Ich erlebte wieder alles noch einmal und hatte viel in meinem Kopf zu verarbeiten.

Auch mein bisheriges angefangene „1. Buch“ musste ich ja wieder lesen und merkte, wie vieles noch ergänzt werden musste
So, da ich nun viel überdacht, erlebt und bestätigt bekommen habe, soll´s losgehen.

Auf geht`s

Wie ich geboren wurde

Am 17.Januar 1926 wurde ich an einem Sonntag in Königsberg-Juditten geboren.
Über meine Geburt erfuhr ich lange nichts Genaues. Ich ließ mich wohl immer wieder verkohlen, oder ich nahm es nicht so wichtig.

Meine Mutter erzählte mir einmal, sie hätte gerade Mittagsschlaf gehalten und der Storch hätte mich durch den Schornstein geworfen und ihre Mutter hätte die Schürze aufgehalten. Ich rief natürlich hocherfreut: „Dann bist du ja meine Schwester und Oma ist die Mutti!“.

Die Story war also nicht zu verwerten! Und außerdem kam ich mit der „Weisheit“, dass ja im Januar gar keine Störche da wären.

Mein Vater rettete die Situation: „Dich hat der Esel im Galopp verloren!“
Und dabei blieb es bis zum 15. September 1935 (am 14. September 1935 wurde mein Bruder Eckhard geboren).

Als wir später in Tapiau wohnten und die Pregel- und Deimewiesen und auch die Flüsse im kalten ostpreußischen Winter stark zufroren, „sah“ ich einen Esel im Galopp mit einem Korb über das Eis rennen und mich natürlich verlieren. Sicher - so nahm ich an - stolperte er über die fest eingefrorenen Eisschollen auf dem Pregel, so wie ich bei meinen ersten Schlittschuhfahrversuchen. Eigentlich machte ich mir keine großen Gedanken darüber, ich hatte ja immer so viel zu tun und zu entdecken. Ich war eben da!

Später wurde mir einmal erzählt, dass sich mein Vater damals einen Jungen „gewünscht“ hatte und sehr enttäuscht gewesen war, dass ich nur eine „Pischkachel“ war. Dafür freuten sich meine Cousine Eva (Evchen gerufen), die Tochter von Tante Anna und Onkel Andreas - Tante Anna war Muttis älteste Schwester - über meine Geburt.

Evchen

Mutti beobachtete einmal, wie Evchen durch die Gartenpforte gekommen war mit einer spitzen weißen Papiertüte, in der Bonbons waren. Evchen fiel hin und die Tüte ging auf. Evchen (damals 5 Jahre alt) las die Bonbons auf und steckte sie wieder in die Tüte. Sie klingelte. Mutti machte die Tür auf und das freundliche Evchen reichte ihr die Tüte entgegen und sagte: „Bitt`schön, Tante Lottchen..." Meine Mutti: „Aber Evchen, die sind dir doch alle in den Schmutz gefallen!"
Evchen darauf: „Macht nichts, Tante Lottchen, hab sie alle wieder abgelutscht!".

Leider hat mich das damals als Kind alles nicht so interessiert, denn konnte man denn ahnen, dass alles mal ganz anders wird! Konnte ich denn damals wissen, dass meine Mutter 1944 mit gerade 41 Jahren starb und dass wir unsere geliebte Heimat im Januar 1945 für immer verlassen mußten!
Ich hatte dann all die Jahre nach 1945 mit mir zu tun und viele Jahre niemanden mehr, den ich hätte fragen können, mit dem ich über meine Kindheit und Jugend hätte reden können.

Geburtshaus
17.01.1926 - Sonntag Königsberg-Juditten

Hier wurde ich an diesem Tag als Sonntagskind geboren.
Sabine Nebel 08/01

Meine Erinnerungen und Empfindungen an mir damals nahe gestandene Menschen, an Gegenden und besonders an Wohnungen sind sehr stark und realistisch. Dies bestätigten mir später meine Cousine Eva und auch mein Vater, der 1976 starb.

Später, als ich meinen Kindern und Enkelkindern die Erlebnisse und Kinderstreiche aus meiner Kindheits- und Jugendzeit erzählte und ich sie mit meiner Heimat Ostpreußen vertraut machte, sagten sie: „Schreibe deine Erinnerungen auf, damit es nicht vergessen wird. Später weiß vielleicht keiner mehr etwas über Königsberg und Ostpreußen."

Meine Vorfahren

Meine Eltern, Charlotte Helene Kriegsmann, geb. am 01.05.1903 und Bruno Ernst Kudling, geb. am 17.03.1898, heirateten im April 1925.
Vatis Eltern wohnten zuletzt in Königsberg-Ratshof. Das war eine „Gartenstadt", die sehr schön im Grünen angelegt war, westlich von Königsberg.

„Der Ratshofer Park war vor dem Steindammer Tor. Von der Lawsker Allee ging es rechts ab durch die sehenswerte mit alten Linden bestandene Werderallee. 1907 pachtweise von der Appelbaum´schen Stiftung übernommen, die hier das ehemalige Etablissement Groß-Ratshof zu einer Heimstätte für pflegebedürftige Kinder ausgebaut hat. Daneben der öffentlicher Park."

(Auszug aus: Reisebücher von Anno dazumal: Königsberg Pr. u. Umgebung).

Nette Villen, kleine Doppelhäuser und kleine Reihenhäuser standen in Ratshof und die Straßenbahn fuhr von Ratshof bis nach Juditten.
Juditten kam ein Jahr nach meiner Geburt, im Jahre 1927, auch zu Königsberg.

Die Eltern meiner Mutter wohnten in einem Bahnwärterhäuschen an der Lawsker Allee (meine Mutter ist noch in Lawsken geboren). Das Bahnwärterhäuschen stand zwischen den Bahnhöfen Königsberg-Ratshof und Königsberg-Juditten. Beide Großväter arbeiteten bei der Reichsbahn und waren kleine Beamte. Opa Karl Kudlings Revier war das Stellwerk in Ratshof, dort sah ich ihn oft mit roter Mütze und „Fliegenklatsche" auf dem Bahnsteig stehen.

Mein Vater war damals bei der Polizei und meine Eltern bezogen wohl 1 oder 2 Räume bei den Großeltern Kriegsmann. Opa starb kurz vor meiner Geburt. Er soll ein lieber Opa gewesen sein, wie mir meine Cousine Eva erzählte. Die Großeltern wohnten in Juditten (Juditter Allee) bei Marienfeld und auf diese kleine Wohnung besinne ich mich genau, obwohl wir 3 Jahre später nach Guben zogen.
Dieses Geburtshaus sah ich später fast täglich, wenn ich von Metgethen aus (wo wir zuletzt wohnten) mit dem Triebwagen zur Schule fuhr oder mit dem Fahrrad die Juditter Allee von Metgethen über Moditten nach Juditten fahren mußte, um die Gräber der Kriegsmannschen Großeltern zu „begießen".
Weiß war es, mein Geburtshaus, in dem meine Großeltern auf der oberen Etage wohnten und groß. Oma hatte einen Extra-Eingang. Wenn man die Türe aufmachte, kam eine „steile" Treppe, die in die obere Wohnung führte. Ich fand es toll!

Die Eltern vor der Hochzeit
Charlotte Kriegsmann und Bruno Kudling

Kirche in Juditten
Hier heirateten meine Eltern am 04.04.1925.
Sie wurden vom Pfarrer Lawin getraut.

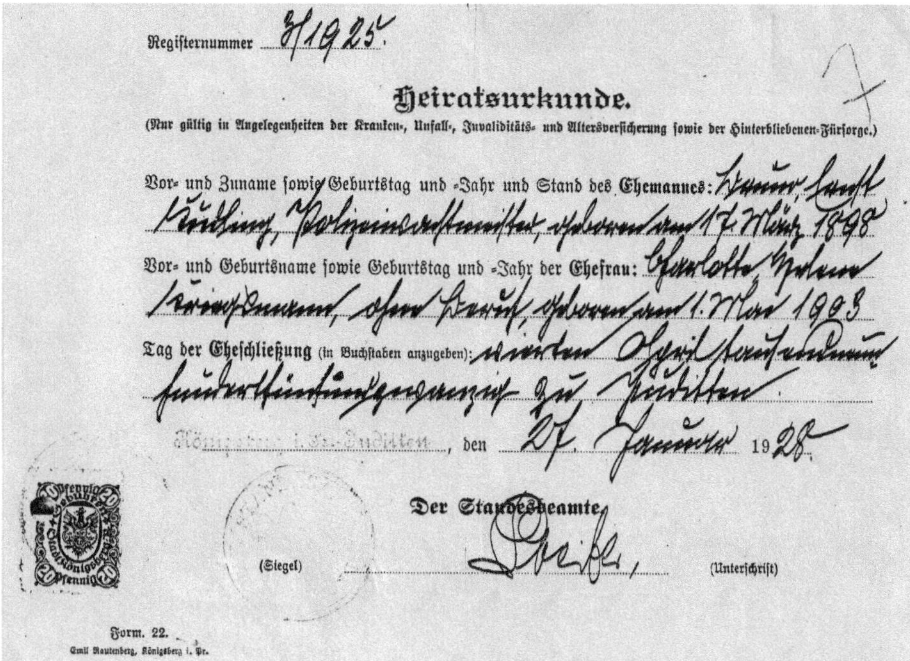

Registernummer 3/1925.

Heiratsurkunde.

(Nur gültig in Angelegenheiten der Kranken-, Unfall-, Invaliditäts- und Altersversicherung sowie der Hinterbliebenen-Fürsorge.)

Vor- und Zuname sowie Geburtstag und -Jahr und Stand des Ehemannes: Bruno Ernst Küdling, Polizeiwachtmeister, geboren am 17. März 1898

Vor- und Geburtsname sowie Geburtstag und -Jahr der Ehefrau: Charlotte Helene Kriegsmann, ohne Beruf, geboren am 1. Mai 1903

Tag der Eheschließung (in Buchstaben anzugeben): vierten April neunzehnhundertfünfundzwanzig zu Juditten

Königsberg i. Pr.-Juditten, den 27. Januar 1928.

Der Standesbeamte

(Siegel) (Unterschrift)

Form. 22.

Emil Rautenberg, Königsberg i. Pr.

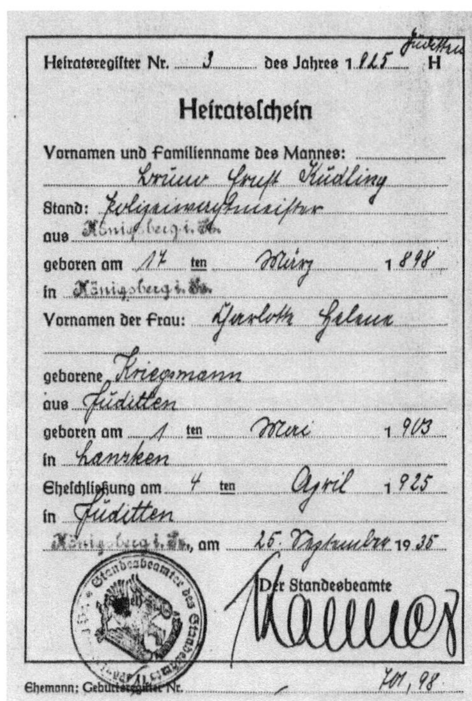

Heiratsregister Nr. 3 des Jahres 1925 Juditten H

Heiratsschein

Vornamen und Familienname des Mannes: Bruno Ernst Küdling

Stand: Polizeiwachtmeister

aus Königsberg i. Pr.

geboren am 17ten März 1898

in Königsberg i. Pr.

Vornamen der Frau: Charlotte Helene

geborene Kriegsmann

aus Juditten

geboren am 1ten Mai 1903

in Lawsken

Eheschließung am 4ten April 1925

in Juditten

Königsberg i. Pr., am 25. September 1935

Der Standesbeamte

Ehemann: Geburtsregister Nr. 701, 98

Heiratsurkunde und
dazugehöriger Heiratsschein
meiner Eltern

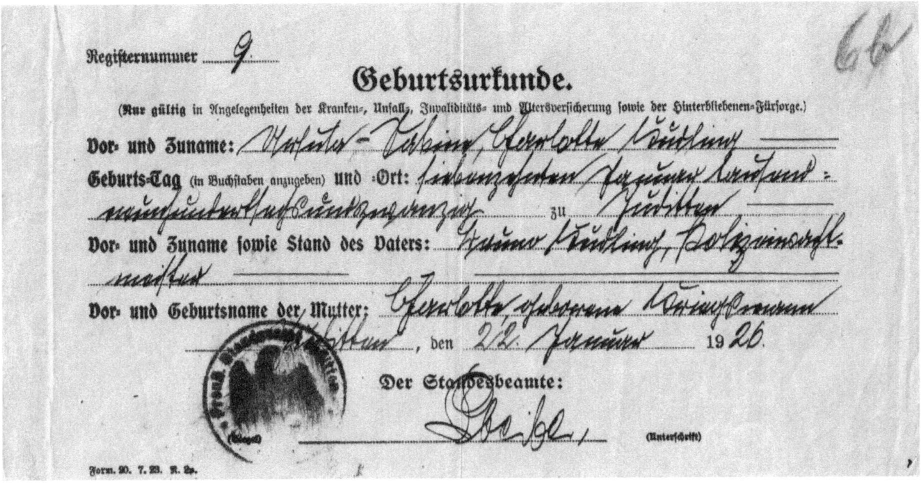

Registernummer 9

Geburtsurkunde.

(Nur gültig in Angelegenheiten der Kranken-, Unfall-, Invaliditäts- und Altersversicherung sowie der Hinterbliebenen-Fürsorge.)

Vor- und Zuname: [illegible] Charlotte [illegible]

Geburts-Tag (in Buchstaben anzugeben) und -Ort: [illegible] Januar tausend-

neunhundert[illegible] zu [illegible]

Vor- und Zuname sowie Stand des Vaters: [illegible] Polizeiwacht-

meister

Vor- und Geburtsname der Mutter: Charlotte, geborene [illegible]

[illegible], den 22. Januar 1926.

Der Standesbeamte:

(Siegel) [illegible] (Unterschrift)

Form. 20. 7. 23. R. 2a.

66

Meine Geburtsurkunde

Martha und Carl Kudling
9. Juli 1928

Ursula Sabine im Juli 1928 (2 1/2 Jahre) mit den Eltern und Großeltern im „Theodor-Krone Wäldchen“

Rechts eine große Küche mit großem Tisch und Küchenmöbel. Am interessantesten fand ich ein kleines Schränkchen für Eier (genannt Eierschränkchen), das rechts an der Wand hing. Und wie es in Ostpreußen so üblich war, Eier waren immer viel darin.
Rechts von der Treppe war ein Geländer und der Korridor war - fand ich - ziemlich groß.
Fenster, „Wege“, rechts eine große Toilette mit Kommode und den „Gang“ entlang das Wohnzimmer. Irgendwo müssen auch die Räume meiner Eltern gewesen sein, aber die habe ich nie bewußt gesehen.

Sicher bin ich - bis wir nach Guben zogen - noch oft mit Mutti oder den Eltern bei der Oma gewesen, denn ich besinne mich noch auf Omas „Strümpfe-Strickzeug“ und auch auf die Kopfhörer, aus denen Musik kam, wenn man sie aufsetzte.

Ganz stark in Erinnerung ist mir, dass gegenüber Omas Haus eine Schmiede oder ein Bauerngehöft war (oder beides gemeinsam) und ich so erstaunt war, als 2 oder 3 Pferde abends alleine von der Weide kamen. Sie kamen die Straße, die zum Holsteiner Damm führte, entlang und gingen alleine ins Gehöft. Das fand ich damals so eindrucksvoll und gleichzeitig unverständlich, dass ich es bis heute nicht vergessen habe und noch genau vor mir sehe.

Posch-Schweinchen

Ich besinne mich auch auf einen Besuch bei Oma Kriegsmann (ich „sehe“ viele Leute um den Tisch). Onkel Paul - Muttis ältester Bruder - muß wohl nicht so ordentlich gegessen haben, worauf meine Mutter immer bei mir achtete.
Ich habe zu Onkel Paul nur gesagt: „Onkel Paul, so essen die Posch-Schweinchen!“
Er hörte nicht, erzählte und „schmatzte“ wohl weiter. Ich wieder: „Onkel Paul, so essen ...“. „Was willst Du mein Töchterchen?“
„So essen die Posch-Schweinchen!“

Wie die Reaktionen meiner Eltern und von Onkel Paul waren, weiß ich nicht mehr.

Onkel Paul war der zweite der älteren Brüder von meiner Mutter, ein hübscher, großer, schlanker, schwarzhaariger und braunäugiger Mann. Er war sehr lebhaft und erzählte gern.

Meine Eltern zogen dann bald in die Waldstraße, eine schöne Gegend, zu dem Medizinalrat Dr. Dreher. Es war eine große und vornehme Villa. Die untere Front bewohnte Dr. Dreher und auf der „Hinterseite“ waren die Eingänge für 2 Wohnungen.
Dr. Dreher hatte seine Praxis in der Stadt. Über eine breite Holztreppe (so breit wir das Haus) ging eine Tür zu 2 abgeschlossenen Wohnungen hoch, die jede eine große verglaste Veranda hatten. Unten wohnte vielleicht, so denke ich, der Hausmeister, der den großen Garten verwaltete.

Man konnte von der Waldstraße in den großen Garten oder - da das Grundstück an das bekannte Theodor-Krone-Wäldchen grenzte (ein Ausflugswäldchen für die Stadtmenschen) - auch abkürzen und durch eine Pforte an der Hinterseite den Wald besuchen. Meine Cousine Eva erzählte mir, dass ich ein ganz braves, liebes Mädchen gewesen sein soll, sie gerne zu mir spielen kam, mit mir gleich in den Wald ging mit Decke oder Hängematte und ganz stolz gewesen wäre, wenn mein Vater in Polizeiuniform vom Dienst kam. Er war groß und schlank und wer sieht nicht gut in einer Uniform aus!

Juditten

Ich nehme an, dass ich schon sitzen oder laufen konnte, als wir dorthin zogen. Meine Mutter erzählte mir, dass, als sie sich die Wohnung ansahen, ich da sitzen und stehen blieb, wo sie mich „absetzten“, und sie mich beim Ansehen des neuen Domizils fast vergessen hätten.
Auf alle Fälle bestand die Wohnung aus Korridor, Küche, Bad, Eßzimmer, Schlafzimmer und Veranda.

Doch ganz nett für den Anfang, denke ich! Die schönen Korbmöbel der Veranda begleiteten mich bis zur Flucht in allen Wohnungen.

Unsere Nachbarn, Herr und Frau Sünther, die keine Kinder hatten, waren sehr nett und verwöhnten mich oft. Ich soll immer „Nünther-Tante“ gesagt haben. Ja, nun weiß ich nicht, ob ich es selbst noch so genau weiß, oder ob ich es später laufend unter die „Nase gehalten“ bekam. Aber ich sehe es so bildhaft vor mir. Einmal muß ich wohl den Besuch von Sünthers mit Sand beworfen haben. Natürlich sollte ich mich dafür entschuldigen. Es gab Tränen und ich wurde gezogen und geschoben bis an die Tür von Sünthers. Ich „sehe“ jedenfalls auf dem breiten Kiesweg an der breiten Treppe jemanden im Rollstuhl sitzen und „höre“ mich sagen: „Ich mache das nie wieder“. Das war meine erste Entschuldigung.

Eines Tages rief ich wohl vom Garten aus nach der Mutti, die mich nicht gleich hörte. Die liebe „Nünther-Tante“ machte das Fenster auf und sagte: „Was willst du denn, mein Kindchen?“ Ich: „Du nich, du nich ...“ und habe heftig mit den Armen abgewinkt. Tante Sünther holte dann meine Mutter, die sich das mal ansehen sollte hinter der Gardine und ich natürlich wieder zu Tante Sünther: „Du nich, du nich ...“.

Das sind meine wenigen Erinnerungen an diese Wohnung in Juditten, von der wir 1929 (ich war gerade 3 Jahre alt) wegzogen. Als die Möbelträger kamen, habe ich gesagt: „Ist es Euch auch nicht zu zwer?“. Und einer wollte mich „einladen“. Da flüchtete ich unter die große, breite Holztreppe, unter der es mir nicht gefiel, weil es so komisch nach Holz roch.

Guben

Später wohnten wir dann 2 Jahre in Guben.
Guben war eine hübsche Stadt in der Niederlausitz und liegt an der Neiße. Straßenbahnen fuhren durch die Stadt. Jedenfalls wohnten wir zuerst „möbiliert“ bei Gelichs.

Warum, weiß ich nicht. Scheinbar wurde auf eine bestimmte frei werdende Wohnung gewartet. Auch auf diese Behelfswohnung besinne ich mich, und mein Vater bestätigte es mir später.

Das Zimmer hinter der Küche, dem Korridor und der Toilette war ein Extraraum. Es war ein kleiner Abstellraum und dort hatten meine Eltern wohl Äpfel „eingewintert", denn diese Wohnung „rieche" ich heute noch!
Ich besinne mich aus dieser Zeit noch darauf, dass ich einmal „verschwunden" war. Ich war nachts aus dem Bett gefallen und mit dem Besen wurde ich angeblich vorgeholt; ich lag ganz an der Wand! (Ob das Bett nicht weggerückt werden konnte?)
Das Haus gehörte Gelichs. Sie hatten viele Kinder. Mit ihnen habe ich gespielt und die gleichaltrige Gretel wurde meine Freundin. Aber irgend ein Kind mußte da noch in die Hosen gemacht haben, denn ich „rieche" noch jetzt den Uringestank des großen Kinderzimmers.

Ich bin aber auch sehr geruchsempfindlich!

Wir zogen dann in ein großes weißes Haus auf der anderen Straßenseite. Zuerst haben wir wohl in dem größeren Teil des Hauses gewohnt. Mein Vater war immer sehr zurückhaltend und schüchtern, denn wir zogen um in den niedrigen Teil des Hauses und hatten dort einen Eingang für uns alleine. Das Haus sah gut aus, gepflegt und fiel sowieso auf, weil es weiß war.

Als ich 1972 mit meinem Mann Rolf und unserer Tochter Maike, bewaffnet mit einer Kamera und 2 Fotoapparaten und mit einer Skizze meines Vaters über die Lage des damaligen Hauses mit dem Auto über die Neiße-Grenze nach Polen fuhr (denn wir wohnten damals auf der jetzt polnischen Seite) klopfte mein Herz. Ich war aufgeregt und sehr gespannt. Stand das Haus noch, werde ich es finden?
Unser Sohn Gunnar war zu dieser Zeit gerade zum Offizier „geschlagen" worden und durfte als NVA-Angehöriger nicht über die polnische Grenze ohne Urlaubs-Sondergenehmigung. Also blieb er

auf der DDR-Seite in der Wilhelm-Pieck-Stadt Guben. Schade, ich hatte Rolf und meinen Kindern viel von meiner Kinderzeit in Guben zu erzählen.
Also, über die Brücke, die nun ab 1945 zwei Länder trennte. Leider!

Luftballon

Hier flog mir in meiner Kleinkinderzeit ein Luftballon, der mit Gas gefüllt war, den ich in einem Schuhgeschäft beim Einkauf neuer Schuhe dazu bekam, aus der Hand. Und welch Wunder - welch schreckliches Wunder - er flog davon. Immer höher und höher. Wollte er denn nicht wieder zurück? Er kam nicht, also weinte ich. Wann bekam ich damals schon einen Luftballon? Ich muß wohl so geweint haben, dass meine Mutter mit mir in den Schuhladen zurückging und im Laden das „Drama" erzählte. Ich bekam einen neuen Luftballon. Nun hielt ich ihn natürlich sehr fest. Zuhause ließ ich ihn los und er hing im Korridor an der Decke.
Herrlich! Aber an dem Bindfaden konnte ich ihn ja erreichen! Abends mußte dieses Wunder nun mein Vati bestaunen. Und - wie war ich enttäuscht - am nächsten Tag war er viel kleiner. Nachblasen durfte ich nicht wegen des Gases und am 3. Tag war er leer und lag unten auf dem Fußboden.

Es war wohl die einzige Brücke über die Neiße, die nun die geteilte Stadt verband. Jedenfalls hatte mir mein Vater vom „Westen" aus eine Skizze geschickt, damit ich mich in Guben von der Brücke aus zurechtfinden sollte. Diese Skizze stimmte leider nicht mehr und wir konnten uns auch nicht danach orientieren. Mein Vater hatte Kirche, Post, Marktplatz usw. alles aufgezeichnet. Nichts! Nur ein leerer großer Platz mit Unkraut, Trampelpfaden und einer Kirchenruine. Das war alles! Ich war sehr enttäuscht, wollte ich doch die Erinnerungen an meine Kindheit und an diese große Stadt Guben zurückrufen! Wir fuhren weiter nach rechts und hielten an, als wir endlich einen älteren Mann trafen. Er sah

die Skizze in meiner Hand, die mein Vater in „deutscher“ Schrift beschriftet hatte. Früher wurde „deutsch“ geschrieben. Diese Buchstaben wichen doch sehr von der „lateinischen“ - also jetzt normalen Schrift ab.
Ich habe z.B. noch im 1. Schuljahr die „deutschen“ Buchstaben lernen müssen. In der 2. oder 3. Klasse wurde dann umgelernt und meine Eltern lernten mit uns mit.

Der ältere Mann konnte Deutsch (er war aus Danzig) und sagte uns, dass die Stadt total zerstört gewesen wäre. Aber die „Himmelsleiter“, denn wir wohnten im oberen Stadtteil, die gab es noch und ich erkannte kurz vor der „Himmelsleiter“ ein Haus, wo ein Kollege von Vati wohnte. Gleich fiel mir wieder ein Erlebnis ein.

Da wohnt er nich!!!

Mein Vater muß wohl noch bei der Polizei gewesen sein, Er hatte einen unverheirateten Kollegen, der mir, wenn er mich mit Mutti mal in der Stadt traf, 2 - 3 x wohl eine „Liebesperlenflasche“ für die Puppen kaufte. Welch ein Schatz in der damaligen Zeit!
Natürlich besinne ich mich auch, wie im Laufe der Zeit die Perlen „feucht“ wurden, die Farbe verloren, zusammenklebten. Man nukkelte wohl zu oft daran.
Diesen Kollegen traf ich mit Mutti in der Stadt, ging ein Stückchen mit und bei der Verabschiedung - ich hatte bestimmt wieder eine Liebesperlenflasche in der Hand - zeigte er meiner Mutter, wo er wohnte. Das hatte ich wohl falsch verstanden, denn er zeigte nur in die Richtung seines Domizils über die Häuser hinaus.
Mein Vater sollte und wollte ihn eines Tages besuchen und ich durfte zu diesem netten „Onkel“ mit. Aber wie empört war ich, als mein Vater mit mir die Himmelsleiter herabstieg und gleich in die Straße daneben in ein Haus mit mir wollte.
Ich: „Da wohnt er nich!“ Wie konnte mein Vater in ein falsches Haus gehen! Ich mußte ihn vor diesem Unglück bewahren! Ich lauter „Da wohnt er nich!“ Das war meinem Vater peinlich, denn

was dachten die Leute über die ungezogene Tochter! „Da wohnt er nich! Da wohnt er nich!“ „Doch da wohnt er!!!“ „Nein, er hatte es Mutti gezeigt, da wohnt er nicht!“ Ich ging die Stufen zu dem Haus nicht hoch! Wie konnte mein Vater bloß in ein falsches Haus gehen?! Da gehe ich doch nicht mit, was denken die fremden Leute? „Da wohnt er nich!“. Ich ging nicht mit. Mein Vater schickte mich mit den Worten nach Hause: „Na warte nur, wenn ich nach Hause komme.“ Ich weiß noch genau, wie ich heulend die Himmelsleiter hochstieg. Arbeiter aus der Hutfabrik überholten mich und fragten, warum ich weine. Ich: „Da wohnt er nich!“.

Zuhause erzählte ich Mutti voller Empörung, dass der Vati mir nicht glauben wollte, der Onkel hatte doch gezeigt, sie wäre doch dabei gewesen. Nun klärte sich der Irrtum auf. Der „Onkel“ hatte von einer anderen Straße über die Häuser nur in die Richtung gezeigt. Ich konnte und wollte es nicht glauben. Und ich wäre doch zu gerne zu ihm gegangen, denn sicher hatte er eine kleine Überraschung für mich bereit. Aus Angst kroch ich im Schlafzimmer unter die Ehebetten und legte mich ganz dicht am Kopfende zwischen den 2 Betten an die Wand. Das kleine Herz hat sicher sehr geklopft und ich wartete nun auf die Rückkehr meines Vaters und hatte furchtbare Angst vor Haue.
Sicher hat meine diplomatische kluge Mutter ein bißchen mit dem Vater mir was „vorgespielt“, denn auf Haue besinne ich mich nicht.

Dieses „Da wohnt er nich - Haus“ stand noch. Nun ging es die „Himmelsleiter“ mit Mann und Tochter hoch. Ich hatte sie jedoch sauberer und gepflegter in Erinnerung! Alles war da, so wie ich mich an meine kleine Kinderwelt erinnerte, aber „mein Haus“ war nicht mehr da! Es war weg. Schade!

Das Gelich-Haus stand gegenüber auf der anderen Straßenseite. Auch die Gartenrückseite einer Gaststätte war zu sehen. Dort war der Laden, in dem ich mit so einem kleinen Kännchen Leinöl für Quark und für Pellkartoffeln holen mußte. Den Geruch habe ich heute noch in der Nase.

Von 1929 bis 1932 wohnten wir in Guben NL.
Hier war der Vater Bruno Kudling bei der Polizei und wechselte 1928 oder 1929 zur Post.

Guben Himmelsleiter

Ich verschüttete einmal im Winter viel Leinöl auf meine Wollhandschuhe (andere gab es damals nicht) und der Geruch ging nie weg, da man ja Wollhandschuhe nicht heiß waschen durfte.
Ja, alles war da, aber wo war das Haus? Keinen konnte ich mehr fragen! Wie gerne wäre ich zu Gelichs gegangen, aber überall wohnten ja jetzt Polen. Ich kann es mir nur so erklären, dass „mein" Haus einen Volltreffer abbekommen hatte, denn Gelich´s Haus wies - wie andere auch - Granatsplittereinschläge noch deutlich auf. Ein ganz glattes Betonfundament deutete noch an, dass hier einmal ein langes Haus gestanden hat.
Ich war sooo enttäuscht!

Hier soll ich ja mal als Kind vor dem Haus gestanden haben (meine Mutter hatte es beobachtet) und mich gedreht und gedreht haben, als wenn ich etwas hinter mir suche und gesagt haben: „Nu was is´n des?" Die Arbeiter aus der Tuchfabrik kamen nach Arbeitsschluß gerade vorbei. Sicher wollte ich auf mich aufmerksam machen. Vielleicht hatte ich etwas Neues an?

Ich besinne mich aus dieser Zeit auf einen Vers, den meine Mutter mir öfters sagte, wenn mir das Essen wieder einmal egal war, und ich nur an´s Spielen dachte:

Was is mich das, mein Kindchen mich,
du ißt mich nich, du trinkst mich nich
du spielst mich kein Klavierche nich.
Du bist mich doch nich krank, mein Kind.

Von wem diese Worte stammten, weiß ich bis heute nicht. Ich fand sie damals und auch heute noch ganz lustig.

Rosemarie K.

Beim Betrachten dieser Stelle fiel mir Rosemarie K. ein. Sie muß gleichaltrig gewesen sein und ihr Vater war auch bei der Polizei und - wie ich auch - einziges Kind. Jedenfalls bekam sie das, was ich an Spielzeug bekam, immer eine Nummer größer. So besinne ich mich, dass ich einen schönen weißen Puppenwagen bekam. Viel später erfuhr ich auch von meiner Mutter, dass sie monatelang in den Laden regelmäßig ein paar Mark brachte und Weihnachten war er dann bezahlt und sie konnte ihn schuldenfrei abholen. Aber Rosemarie bekam ihren Puppenwagen eine Nummer größer!

Als ich einen schönen grünen großen Gummiball erhielt, war ich glücklich. Aber Frau K. wußte wohl, wie man Freude bei Kindern „anpicken" konnte. Rosemarie´s Ball war wieder eine Nummer größer! Sicher war Frau K. von der Sorte Menschen, die immer anderen Leuten zeigen mußte, dass sie mehr haben. Meine Eltern waren jedenfalls mit Rosemarie´s Eltern nicht näher befreundet! Rosemarie versuchte mich auch immer zu ärgern. Scheinbar war sie erblich belastet.

Ich durfte auch nicht auf der Straße spielen. Mir eigentlich unverständlich, denn die kurze Straße von der Hauptstraße zur Himmelsleiter konnte ja kein Auto oder Radfahrer benutzen.
Jedenfalls war der Hof recht groß und Vati baute mir einen schönen Sandkasten, dort spielte ich oft. Vielleicht spielte Rosemarie nicht gern im Sand oder sie wußte von meinem Wunsch, auf der Straße zu spielen. Denn welches Kind tut das Verbotene nicht besonders gerne? Witterte es nicht dort etwas Besonderes? Wenn ich im Sandkasten spielte, kam Rosemarie und sagte: „Ich gehe auf die Straße!" Vielleicht hatte sie kein größeres Sandeimerchen als ich oder keine Förmchen zum Kuchenbacken? Ich rief: „Mutti, Mutti! Darf ich auf die Straße gehen?"
Mutti: „Nein, spiel nur schön im Sandkasten!" Rosemarie: „Ich gehe auf die Straße!"
Ich heulte.
Warum durfte ich nicht? Und was sollte oder wollte ich da überhaupt spielen?
Aber man erkennt doch, wenn man selbst Kinder erzieht, dass Verbote besondere Reize haben. Das muß sich wohl mehrere Male

so abgespielt haben, dann gab meine kluge, diplomatische Mutter mir einmal den Rat, zu Rosemarie zu sagen: „Na dann geh doch! ... Du wirst sehen, sie geht nicht!“
Na, das wollte ich nicht glauben, aber beim nächsten „Angriff“ klappte es! Ich sagte wirklich auf „Anweisung“ meiner Mutter: „Na dann geh doch!“ Und sie blieb wirklich.
Nun schien mir meine Mutter doch sehr glaubwürdig. Eine Weisheit, die ich meinen Kindern und später als Lehrerin den Schülern später oft weitergab!

Soldat, Polizist, Postbeamter

Mich hat wohl nie interessiert, worüber sich Erwachsene unterhielten. Aber ich war ja auch erst ungefähr 4 Jahre alt! Mein Vater hatte einen Kollegen mit Namen Vowek. Weiß nicht, ob er bei der Polizei oder bei der Post war. Mein Vater war auf alle Fälle in Guben bei der „Schupo“, (Anhang 3), so glaube ich. Mir ist so, als wenn ich ihn in Guben auf der Kreuzung den Verkehr regeln sehe! In Guben fuhr auf alle Fälle damals eine Straßenbahn!!!

Zwölfender

Ich nehme an, dass mein Vater ein „Zwölfender“ war. Zumindest erzählte mir dies viel später meine Stiefmutter. Er hatte seine 12 Jahre als Soldat bzw. bei der Polizei beendet und wurde dann in Guben als kleiner Beamter bei der Post als „Postassistent“ eingestellt.
Aus Dokumenten ist seine Entwicklung erkennbar. (Anhang 7)

Mein Vater wurde 1898 geboren und war beim Ausbruch des 1. Weltkrieges 16 Jahre. Auf alle Fälle hat er diesen Krieg wohl nicht „richtig mitgemacht“, er war auf einer Unteroffiziersschule.
Nach Kriegsende war er dann in Berlin-Charlottenburg. Man kann bei Ludwig Renn „Krieg - Nachkrieg“ nachlesen, wie es den jun-

gen Soldaten erging. Eigentlich wußten sie in der Kaserne nicht, was eigentlich „im Krieg gespielt“ wurde. Er ist damals, so sagte er, auch in die SPD eingetreten und hat dann später durch das „Zurückkehren“ nach Königsberg keinen Beitrag mehr bezahlt. Sicher war er froh, dass er nicht mehr zu zahlen brauchte, denn wer hatte damals schon zuviel Geld? 1923 war Inflation und es gab zum Schluß Geldscheine mit Milliardenbeträgen.

Das Radio

Mein Vater ging also zur Post und es wurden für ein Herrenzimmer Möbel gekauft. Sicher auch darum der Umzug in die andere Wohnung in Guben. Hier hatten wir jedenfalls ein Eß- und ein Herrenzimmer! Und ich sehe das Eßzimmer noch genau vor mir. Meine Mutter war einkaufen, es war Winter und es dunkelte. Ich saß ohne Licht zu machen in einer Ecke im Eßzimmer auf dem Fußboden und wartete auf sie in der Ecke. In der Ecke stand ein großer Kachelofen. Mir war es ein bißchen unheimlich!
Ein andermal sehe ich mich im Herrenzimmer sitzen - auch ohne Eltern - und das zweiteilige Radio war neu. Empfänger und Lautsprecher waren extra.

„Mende“ war die Firma, denn wir haben nie einen anderen Apparat mehr besessen. Irgendwie hatte das Zimmer eine Ecke und eine schräge Wand. Auf alle Fälle habe ich mich sehr gewundert als von einer Hochzeit die Rede war und man das Pferdegetrappel hörte! Ach, könnte ich doch mal in den Apparat sehen! Wie klein und niedlich mußte wohl die Hochzeitskutsche und die Pferdchen gewesen sein! Ein Wunder, dieser Apparat! Aber in welchem war nun die Kutsche? Unten in dem Empfänger oder oben im Lautsprecher, denn die Apparate hingen in einem Wandregal übereinander! Es muß 1930 wohl gewesen sein!

Keine Zeit für Neugierde

Familie Vowek waren Bekannte von meinen Eltern und hatten auch eine Tochter, die Ursel hieß, aber bestimmt etwas älter war, als ich. Dort tranken meine Mutter und Frau Vowek Kaffee und Ursel und ich spielten zusammen im Kinderzimmer.
Dabei rutschte Ursel ganz „unauffällig“ aus dem Raum, in dem wir spielten und mit dem Spielzeug den Korridor entlang bis zur offenen Wohnzimmertür, so dass wir die Mutti´s sahen. Komisch! Ich war immer froh, wenn ich ohne Aufsicht war. Aber ich bekam´s heraus, warum Ursel an die Tür wollte. Ich erzählte und plapperte wohl und sie sagte zu mir: Sei ruhig, ich will hören, was die reden!" Na, das war mir unverständlich. Ich kann mich auch nicht besinnen, dass ich mich als Kind je dafür interessierte, worüber sich Erwachsene unterhielten!

Auch von meinen Kindern und Enkelkindern kenne ich das nicht! Zum Glück gibt es diese Sorte Kinder wenig. In meiner 40-jährigen Lehrertätigkeit ging mir nur ab und zu immer das gleiche Kind einer Klasse auf die Nerven. Es stellte sich dazu, wenn sich 2 Lehrer unterhielten.
Auch in unserem Haus in Zwönitz (Erzgebirge), erlebte ich ein Mädchen, dass sich von klein auf immer dazu stellte, wenn sich Erwachsene unterhielten. Einmal sagte ich dann: „Tina, das ist mein Besuch, die sind zu mir gekommen, da stellt man sich nicht dazu!“
Festgestellt habe ich, dass diese Sorte Kinder nicht spielen können, kaum Spielzeug und kaum Freundinnen haben und ewig neugierig bleiben.

In Erinnerung ist mir auch geblieben, dass es in Guben große Überschwemmungen gab. Immer wenn ich jetzt im Fernsehen diese weltweit großen Verwüstungen sehe, denke ich an Guben.
Mein Vater nahm aus dem Fotoalbum von „zu Hause“ einige Fotos mit auf die Flucht 1945.
Daher habe ich noch bessere Erinnerungen an die Überschwemmungen. Zum Beispiel „sehe“ ich eine Hundehütte mit Hund an

mir vorbei schwimmen. Beim Betrachten des Bildes erinnere ich mich an meinen dunkelgrünen Samtmantel und passende Mütze dazu. Das war der Sonntagsmantel und zum Schulanfang 1932 hatte ich diese „Kluft“ - so glaube ich - auch an.
Mutti hatte es selbst genäht.

Tapiau

unbeschwerte und schönste Kinderzeit

1931 sind wir nach Tapiau (ca. 30 km östlich von Königsberg am Pregel/Deime) gezogen.
Ich weiß nicht, wie der Umzug „vonstatten“ ging. Aber ich weiß genau, dass wir einen „Umweg“ über Rosenberg/Westpreußen machten und ich nun von der Existenz meines Onkels Erich, Vati`s älteren Bruder, erfuhr. Die Familie Kudling war bis dahin nicht bewußt bei mir vorhanden.
Ich habe zwar einige Bilder von Oma und Opa Kudling, aber bewußt habe ich sie erst nach dem Umzug von Guben wahrgenommen.

Mein Vater nahm auf die Flucht im Januar 1945 alle Papiere mit. Mein Bruder schickte mir 1987/1988 Fotokopien, so dass ich doch über Alter, Geburtsorte, Heirat und Beruf etwas Näheres weiß. Mein Großvater war ein kleiner Beamter bei der Reichsbahn, auch wohnten sie, solange mein Erinnerungsvermögen zurück reicht, in Königsberg-Ratshof, Lochstädter Str. 3.

Wenn man von Königsberg-Metgethen kam, was am westlichsten Rand von Königsberg lag, so mußte man mit dem Fahrrad über Moditten, Juditten die Lawsker Allee entlang nach Ratshof fahren. Mit dem Zug oder Triebwagen waren es 2 Stationen (Juditten, Ratshof) 10 Minuten.

Ratshof - so las ich im Sommer 1988 bei meiner Schulfreundin Marion in Repboden (sie hatte eine Dokumentation über Ratshof

zusammengestellt) - ist als Gartenkolonie (nicht als Schrebergarten) entstanden.
Hier sollten sich die Arbeiter und Angestellten wohl fühlen im Grünen. So war es auch.
Breite Straßen führten von Juditten (ab hier fuhr die Straßenbahn Linie 7) über Ratshof in das Zentrum der Stadt (und ab Ratshof die Linie 4). Auch Radfahrwege gab es viele, die ich später von Juditten bis in die Stadt entlang fuhr.

Meine Großeltern wohnten in der Lochstädter Str. 3 am Anfang der Straße. Die Seite, auf der meine Großeltern wohnten, waren Reihenhäuser und die Nr. 3 war das erste Haus. Es hatte einen größeren Garten und das Haus war spitz.
Die Nr. 1 stand noch vor den Reihenhäusern, war aber villenähnlich. Dort wohnte eine Familie mit 2 Mädchen meines Alters. Daneben ging eine breite Treppe zur Kaporner Straße hinunter. Zum Bahnhof mußte man viele Stufen wieder hinauf auf die Arndt-Straße, auf die breite Brücke über den Bahnhof Ratshof und über viele Gleise. Dann wieder viele Stufen zu den Bahnsteigen. Mein Großvater arbeitete auf dem Stellwerk. Es war schon ein besonderer Bahnhof. Natürlich gab es auch einen kleinen Umweg, auf dem man die vielen Treppen umgehen konnte.

Während die anderen Häuser von Familien mit Kindern bewohnt waren, wohnten meine Großeltern alleine. Mein Großvater war ein großer Gartenliebhaber und hatte immer viel Obst.
Am liebsten aß ich die reifen Stachelbeeren und die herrlichen großen Birnen. Der kleine Garten war ein Eckgrundstück und jedes Eckchen wurde mit Sträuchern und Bäumen ausgenutzt.
Große Johannisbeersträucher standen am Zaun zu den Reihenhäuschen, deren Gärten doch recht klein waren. Auf der Rückseite des Hauses hatte mein Großvater eine Veranda gebaut, die mir als Kind besonders gefiel. Das Herrlichste war, wenn Oma den Kaffeetisch im Garten deckte. Über der „Veranda“ hing ein großer Obstbaum und ich glaube, er hatte gezaubert. Auf der einen Seite trug er Äpfel und auf der anderen Seite Birnen.

Ich besinne mich noch genau. Durch die Haustüre ging es geradeaus ins Wohnzimmer und von dort konnte man in den Garten. Rechts war eine kleine Küche, die mir so finster erschien und auch immer muffig roch. Es war wohl die Nordseite und da Opa alles grün bepflanzt hatte, kam wenig Licht hinein. Ein großer Fliederbusch stand vor dem Fenster davor! Links ging es im Haus eine kleine Wendeltreppe hoch in noch einen großen und einen kleinen Raum und hier war eine Toilette (Spülklosett natürlich). Aber irgendwie eigenartig, denn eine hohe Stufe folgte nach der Tür und in dem „Raum“ war es sehr eng.

Unter der Treppe ging es in den Keller, zum Bad, Waschküche und Kohlenkeller.
Oma Kudling konnte so herrlichen „Pulverkuchen“ und so schöne helle, weiche Pfefferkuchen backen. Keine Pfefferkuchen schmeckten so gut wie Oma´s! Mein Opa hatte noch ein großes Gartengrundstück „unten“ am Bahnhof! Hier gab es sehr viel Johannisbeeren und anderes Obst und Gemüse. Wie gerne ging ich mit in den großen Garten, der hoch mit Maschendraht eingezäunt war und der wohl von mehreren Bahnbeamten gepachtet war.

Wie habe ich immer nach einem Tennisball auf und zwischen den Beeten gesucht! Auf der Kaporner Straße, die damals noch nicht so belebt war, wurde wohl mit diesen Bällen viel gespielt, die dann ab und zu dort landeten.
Später „brauchte“ ich diese Bälle dringend zum Fußballspielen in der Schule in Metgethen in der Pause ....

Ja, und von Guben aus fuhren wir also 1931 über Rosenberg/ Westpreußen zu Onkel Erich.
Er war das 2. Mal verheiratet (aber das interessierte mich ja damals nicht) und hatte 2 große Jungen, Siegfried und Gunter. Onkel Erich war bei der Polizei und hatte einen Schäferhund. Davon gab es Bilder. Ich auf dem liegenden Hund sitzend. Besinnen kann ich mich aber nur darauf, dass wir weit spazieren gegangen waren (Kudling´sches Hobby) und daß Onkel Erich etwas im Wald liegen ließ und der Hund es später holen mußte. Da

staunte das kleine Marjellchen aber! Denn noch nie zuvor hatte ich mit einem Hund etwas zu tun gehabt.

Danach war ich bewußt das 1. Mal bei den Großeltern Kudling und schlief alleine in dem kleinen Zimmer. Ich schrie oder weinte nachts, weil ich jemanden im Dunklen an meinem Bett sitzen sah (Schatten). Meine Mutter kam, machte Licht und nichts war zu sehen. Sicher war es ungewohnt, erstmalig alleine zu schlafen, denn bis dahin schlief ich wohl noch in dem Schlafzimmer der Eltern.

Wie lange wir in Rosenberg und in Ratshof waren, weiß ich nicht. Kann mich auch nicht auf den weiteren Umzug nach Tapiau besinnen. Vielleicht war ich bei den Großeltern und meine Eltern richteten die Wohnung alleine ein?

Warum hat mich das alles nicht schon früher interessiert? Neugierig war ich leider nie! Es war eben so, wie es war! Schade eigentlich! Heute fehlen mir einfach wichtige Begebenheiten in meinen Kindheitserinnerungen. Und fragen kann ich niemanden mehr!

Kinderparadies Tapiau

Wir wohnten 1931 - 1937 in Tapiau. Nun begann eigentlich für mich das richtige „Kinderparadies". Viele Erinnerungen habe ich an diese Stadt, ihre Umgebung, an Kindheitsspiele, an die ersten 5 Jahre der Schulzeit. Wir wohnten Königsberger Str. 34c in der „Villa Maria", fast gegenüber dem großen Schulkomplex. Neben uns war ein Bäcker. Er hieß Fleischer. Danach kam eine Reihe aneinander gebauter Häuser - vielleicht 5 Häuser. Die „Villa Maria" war das erste Haus dieser Reihe und war ein schönes Sechsfamilienhaus mit großen 3 - 4-Zimmerwohnungen, Küche, Speisekammer, „Mädchenkammer", Korridor, Bad und Balkon. Die anderen Häuser waren einfacher. Ich war dort nie. Sicher waren es billige, einfache Wohnungen, denn es wohnten Familien mit vielen Kindern, die auch „nur" in die Volksschule gingen und mit denen wir immer auf „Kriegsfuß" standen. Warum eigentlich?

Wir hatten einen großen Hof, auf dem wir viel und wunderbar spielten. Große Angst hatten wir Kinder vor dem Hauswirt. Oft mußte ich die Miete bezahlen gehen. Es war ein älteres Ehepaar ohne Kinder und im dem Haus roch es nach „alten Leuten". Ich sehe noch unser Mietsheft, die Miete kostete 42,50 M und Herr Manthei tauchte den Federhalter in das Tintenfaß auf seinem kleinen Schreibtisch und „schwang" den Federhalter mit kreisenden Bewegungen über die Stelle, an der das M beginnen sollte. Das war für mich neu, das machte niemand. Also wurde er bestaunt. 42,50 M Miete war viel für einen kleinen Postassistenten. Das Gehalt (höchstens 180 - 200 M) war klein, aber sicher! Man mußte ja standesgemäß leben!!! Ich besinne mich genau, wie meine Eltern das Gehalt aufteilten in kleine Schächtelchen und Umschläge und es kaum einen „Fünfer" oder ein „Dittchen", wie sie die 10 Pf.-Stückchen nannten, zum Vernaschen gab. Meine Eltern konnten sehr gut mit dem wenigen Geld wirtschaften, alles war sehr ordentlich, sauber und alles wurde gut geplant.

Markttreiben

An den Sonnabenden ging meine Mutti vormittags auf den Markt und kaufte dort ein. Sicher ging ich an den Feriensonnabenden oder an den Sonnabenden, als die Nazis schulfrei gaben immer mit. Ich sehe das Markttreiben noch genau vor mir. Was war das für ein Treiben! So etwas ähnliches sah später nur noch in Bulgarien, Rumänien, Polen und in der Sowjetunion. Zuerst ging es an den Käsestand. Käse wurde probiert und ein großes Stück gekauft. Dann suchten wir „unsere Butterfrau" und die „Eierfrau". Sie saßen wohl auf einer Fußbank in einer Reihe und hatten ihre Körbe vor sich stehen und mit weißen Tüchern zugedeckt. Sicher hat meine praktische und sparsame Mutti viele Buttersorten einige Wochen durchprobiert, mein Vater natürlich zu Hause geholfen kosten und dann hatten wir unsere „Butterfrau".
Wir waren also ihre Kunden und als Mutti im Gespräch erfuhr,

dass sie mehrere Kinder hat, bekam sie auch zu klein gewordene Kleidungsstücke von mir.

Danach ging es an den Fischstand und es war sicher schon geplant, wie viel man für Fische ausgeben durfte. Oft gab es Fisch, denn wir aßen ihn alle sehr gerne (auch heute noch). Danach ging es an die Ecke in Richtung „Villa Maria“ (an der Ecke zur Altstraße) ins Kaisers-Kaffee-Geschäft (K-K-G). Dort kaufte meine Mutter die Sachen zum Backen ein, denn Kuchen gab es immer Sonnabend/Sonntag. Ich sehe das große Paket noch genau vor mir. Schön eingepackt in braunes Packpapier. Erst Mehl, Zucker, Margarine, Palmin usw. und obenauf lagen 1 - 2 spitze Tütchen mit Pralinen und Bonbons. Da stand das Marjellchen dann zu Hause in der Küche beim Auspakken „bereit!“
Nach K-K-G ging´s die Altstraße zur Königsberger Str. am großen schönen Rathaus - 1922 erbaut - rechts vorbei zum Fleischer und dort wurde der Sonntagsbraten oder das Hackfleisch zum „falschen Hasen“ gekauft. Anschließend ging es noch zum Bäcker Ballhaus an der Ecke zur Königsberger Str., um frische Brötchen (die so knusprig waren) und Brot zu holen. Nun ging´s nach Hause.
Endlich zu Hause - schnell ein knuspriges Brötchen, frische Butter und Käse drauf - herrlich!
Dann ging´s ans Hefekuchen backen und schnell zum Abbacken das Kuchenblech zum Bäcker Fischer nebenan gebracht! So konnte das wißbegierige Marjellchen doch immer in der Backstube allerlei wahrnehmen. Nachmittags wurde das kleine Kuchenblech (bißchen hoch der Teig) angeschnitten. Aber Kaffeetrinken war nur zum „Verbeißen“ sagte mein Vater.

Das Essen spielte bei Ursel sowieso keine Rolle, war nur lästig und störte beim Spielen und Entdecken.
Zum Ärger meiner Mutter, denn ich sah wirklich so dünn aus, als ob ich nicht genug zu Essen bekam. Mit Lebertranemultion und sogar reinen Lebertran (danach 2 - 3 Schokoladenplätzchen) wurde ich „gefüttert“, aber ich blieb so dünn.

Was gab es hier in der Kleinstadt nicht alles zu entdecken! Erst

einmal der Hof mit den Kindern des Hauses. Unter links wohnte ein Gendarm, mit dessen Dackel ich gern spielte.
Das Ehepaar hatte keine Kinder und ich soll zu Hause erzählt haben, dass ich den „Vati vom Dackel" gefragt hätte, ob die Hexe raus darf.

Zuerst wohnten nicht viele Kinder im Haus, aber dann wurde es „voller". Gegenüber von uns in der 1. Etage wohnte erst ein Apotheker, der schon große Kinder hatte. Dann zog Familie Kraul ein mit 2 Jungen.
Götz war ein halbes Jahr jünger als ich und Hans noch sehr klein. Frau Kraul war eine dickliche, ganz freundliche und kinderliebe Frau. Wie gerne ging ich dort spielen!
Herr Kraul war Sparkassenleiter von Tapiau. Natürlich war ein Zimmer bei Kraul`s nur „fein" mit Flügel eingerichtet und das andere Wohnzimmer war zugleich Kinderzimmer. Frau Kraul erlaubte uns, im Gegensatz zu meinen Eltern, alles. Hier gab´s kleine Überraschungen, eine kleine Nascherei, man konnte den Tisch mit „Decken" zuhängen, alle Sofakissen in das „Schiff" legen und als es in unserer Phantasie „unterging" sogar auf den Tisch steigen, als wir „sanken".

Das wäre bei meiner überordentlichen Mutter nie möglich gewesen. Immer super sauber, immer aufgeräumt und immer sah es schick aus. Da waren keine alten Möbel von der Großmutter, da war alles modern und echt! Schönes Kristall auf dem Büfett, silberne Kannen, schickes chinesisches Teeservice und ja kein Kaffeegeschirr - wie sie alle hatten - von Kaisers-Kaffee-Geschäft.
Ich weiß noch genau, wie meine Mutter die Marken, die es bei der K-K-G beim Einkauf gab (wie Konsum), auf eine Karte einklebte und dann gab es 3,00 Mark ausgezahlt, wenn sie voll war, oder Teile für ein Kaffeeservice. Das hatten natürlich alle „armen" Beamten, also nun gerade nicht! Das Geld wurde gespart und beim Juwelier in Tapiau jeden Monat ein silberner Löffel (800-er, versteht sich!) gekauft.
Dafür bekam ich aber auch kaum Eis oder Nascherei vom Bäcker

Fleischer. An heißen Tagen (und wir hatten heiße Sommer in Ostpreußen) stand auf dem Markt, gegenüber der Post unter großen Kastanien, am Eingang zum Marktgarten ein Eismann. Nie eine „Schlange“ von Menschen! Das Eis, was im Wagen zum kühl halten war, tropfte als Wasser oft unten langsam heraus. Eine große hohe Bäckermütze, weiße Jacke und Schürze, so stand er täglich. Nie sah ich da viele Menschen, wie jetzt, wo die Menschen für 50 Pf. und mehr wie selbstverständlich Eis kaufen.

Marktgarten

Den Marktgarten muß ich noch beschreiben, den fand ich ja so herrlich! Es war ein kleiner Park für mich, schattig unter großen Kastanien. Wieviel Blüten lagen unten, wenn sie im Mai/Juni abfielen! Wie ein weißer Teppich sah es aus! Und ich schob sie mit Füßen oder mit Händen zusammen zu kleinen Häufchen. Ich fand ihn damals groß, den Marktgarten, ich sah ihn ja aus der „Froschperspektive“. Aber wer ging schon mit mir dorthin? Alleine durfte ich nicht.
Also war es besonders reizvoll. Später, als mein Bruder geboren war, setzte sich meine Mutter zum Ausruhen vom „Kinderwagen schieben“ doch mal auf eine Bank und ich konnte ihn endlich ergründen.
Ganz interessant war das weiße Denkmal. Relief und davor ein Becken, in dem eigentlich Wasser sein sollte! Aber so oft ich auch guckte, ich kann mich nicht auf Wasser besinnen.
Das Denkmal war schön, so fand ich. Weiß, Reiter mit Soldaten, den Kopf gebeugt und mit Stahlhelm, auf dem Pferderücken sitzend und die Inschrift:

D E N K E T   D A R A N !

Wenn ich an Tapiau denke, dann sehe ich die grünen weiten mit „Butterblumen“ (Löwenzahn) und Wiesenschaumkraut übersäten

Wiesen, die mir unendlich schienen. Sehe mich in großer Hitze im Badeanzug (den Zweiten in Beutel oder in einer Tasche) mit „Jesuslatschen" zum Pregel zum Baden gehen.
Die Königsberger Straße entlang bis zur Ecke (die schon beschriebenen 3 - 4 Häuser entlang), an der anderen Seite eine schöne große Turnhalle stand. Links um die Ecke, damals noch eine ziemliche unbebaute Straße. Links eine Wiese, rechts 2 schöne Häuser. Eine kaum befahrene Straße mit wenig Verkehr. Links ging 300 m weiter eine Straße zur Stadt. Auf der rechten Seite standen 2 weiße Häuser mit je 2 Eingängen. Hier wohnten nur Lehrer und darum auch die Lehrerhäuser genannt. Hier wohnte Ruth Friemer aus meiner Klasse, bei der ich auch zum Kindergeburtstag war. Also geradeaus die Straße entlang (links lag die Stadt) und nach rechts die Pregelwiesen entlang.
Hier wurden auf der rechten Seite viele kleine Einfamilienhäuser gebaut (1936 ungefähr), die mein Vater voller Sehnsucht besichtigen ging (8000 bis 12000 Mark ein Häuschen). Die für 8000 Mark waren ihm zu klein, aber woher sollte er das Geld nehmen? Er wußte damals sicher auch, daß er bald Tapiau verlassen mußte, da er bald Postsekretär wurde.

Links lag also der Pregel. Zuerst kam man an einer „Schiffswerft" vorbei. Hier lagen immer große bewohnbare Holzschiffe, die wohl ausgebessert wurden. Es roch so herrlich nach Holz, Teer, Wasser und vielleicht Karbolineum.
Meine Sehnsucht, auf so ein Schiff zu gehen, erfüllte sich. Einmal saß ich in der Volksschule neben einem weißblondem, braungebrannten Mädchen, die für kurze Zeit in unsere Klasse ging, da das Schiff auf „Reede" lag. Ich durfte sie nach Hause mitbringen und mit ihr spielen und sie nahm mich auf ihr Schiff mit. Aber leider besinne ich mich auf keine Einzelheiten!

An diesem „Trockendock" ging es vorbei und schon kamen die ersten Badestellen. Hier war es flach, hier waren viele Kinder, hier war das Sommerbadekinderparadies! Ich glaube, ich war mehr nass als trocken. Gesonnt habe ich mich nie. Wie herrlich, wenn ein

Kind „Alarm“ gab, da ein Schiff oder ein Dampfer kam. Jetzt gab es Wellen!
Schwimmen konnte ich natürlich nicht, also wurde so getan als ob! Mit ausgestreckten Armen und den Händen am Grund - natürlich weiterbewegt - und mit den Füßen gestrampelt. Der Buckel war rot verbrannt, mußte abends gepudert werden, später „schälte“ sich die Haut ab, aber es ging immer wieder und wieder zum Pregel.

Schlecht war es für mich, wenn mein Vater seinen freien Tag oder freien Nachmittag oder vielleicht Urlaub hatte. Mein Vater war ewig sonnenhungrig. Ich weiß nicht, wollte er braun sein oder war es schon so modern. Meine Mutter vertrug die Sonne nicht, wurde krebsrot, konnte aber dafür gut schwimmen. Mein Vater konnte nicht schwimmen. An so einem freien Tag mußte ich meinem Vater pünktlich Vesper oder Mittag an den Pregel bringen.

Ich mußte dahin weit laufen, denn mein Vater suchte sich seine Bade- und Sonnenstelle weit weg von den Menschen aus. Ich glaube, er sonnte sich da nackt oder zumindest krempelte er seine Badehose so ein, daß nur das Allernotwendigste verborgen blieb. Aber die „Plätzchen“ waren auch herrlich! Direkt am Pregel! Schönes saftiges Gras, von Weiden umgeben, Blick zum Pregel. Aber leider kein Kinderparadies! Es war eine Palme, umwachsen mit Weiden und es ging gleich tief hinein ins Wasser. Diese Badestelle war nicht für Kinder geeignet. Also, zurück zum „allgemeinen“ Badestrand!

Urlaub

Im Urlaub ging es jedes Jahr für 14 Tage an die Ostsee. Mal Cranz, mal Sarkau, mal Neukuhren, Rauschen, mal Neuhäuser.
Mark für Mark wurde das Jahr über gespart, denn der Seeurlaub mußte sein!
Ich sehe noch die größere Pralinenschachtel, die mit Briefumschlägen und kleinen Schächtelchen vom Juwelier „gefüllt“ waren.

Wenn es Gehalt gab, dann wurde „buchgeführt". In jeden Umschlag, in jedes Schächtelchen kamen kleine Summen, 2, 3, 5 oder 10 RM. Ich weiß es nicht. Dann sehe ich meinen Vater mit seinen langen, schmalen Beamtenfingern das Geld einsortieren. Sicher war auch ein Umschlag „Urlaub" dabei. Und Urlaub gab es nur an der See!

Man wohnte natürlich nicht im Hotel, das war zu teuer. Die Fischer vermieteten ihre Zimmer und wohnten selbst auf dem Boden oder in der Waschküche.

Urlaub in Sarkau

Natürlich wurde von Königsberg aus an freien Tagen oder Sonntags mit dem Badezug an die See gefahren. An diese überbesetzten Züge besinne ich mich gut. Fuhren sie doch in den Ferien und an den Wochenenden an unserem Postamt in Metgethen vorbei in Richtung Pillau. Man konnte auch in Fischhausen umsteigen, um zum Beispiel nach Neukuhren zu kommen.

Ich besinne mich ganz besonders auf Sarkau. Ein Fischerdorf auf der Kurischen Nehrung. Es war mein schönster Urlaubsort.
Ich weiß nicht, wie alt ich war, 6 oder 7 Jahre. Es wurde wieder ein Strandanzug genäht, an den ich mich noch genau erinnere. Natürlich wurde von meiner sparsamen und praktischen Mutter aus nicht mehr verwendbaren Stoff eine lange Hose und ein Blüschen ohne Ärmel mit spitzem Ausschnitt genäht. Die Hose war kariert und das Blüschen einfarbig und mit kariertem Stoff eingefasst. Es war gelb und meine Mutter meinte noch, es passe nicht zu meinen blonden Haaren, aber für das Fischerdorf könnte es geeignet sein.
Ich ahnte damals noch nicht, dass es mein schönster, eindruckvollster Ferienaufenthalt werden sollte.

Ich besinne mich nicht genau an die Anreise. Vielleicht mit dem Zug bis Cranz und mit dem Bus bis nach Sarkau? Vielleicht auch

auf dem kürzesten und billigsten Weg mit dem Schiff von Tapiau bis Labiau und von dort weiter nach Sarkau.
Sicher mußte man auch mit Bettwäsche und Handtüchern anreisen. Der Anblick dieses Feriendomizils wird mir unvergessen bleiben. Mitten im Kiefernwald am schönen weißen Strand stand ein kleines Fischerhäuschen. Es war neu und blaugrau angestrichen. In der Nähe kein weiteres Haus. Die Besitzerin war Witwe und hatte 2 größere Söhne, die schon zur Arbeit gingen und leider keine Spielgefährten für mich waren.
Also mußte ich mich oft alleine beschäftigen. Natürlich war der Weg zum Strand der wichtigste Weg. Gleich barfuss konnte man dort hingehen. Die „Jesuslatschen“ versanken sowieso im Sand. Also noch mehr Freiheit!
Der Weg führte über die Dünen. Hier sah ich unsere Vermieterin oftmals ganz alleine die Dünen bepflanzen. Immer schön in Quadraten ca. 1 x 1 m und mit so trockenen kleinen Pflanzen. Hier erfuhr ich dann, dass die Dünen durch den Wind wandern und so ganze Dörfer verschüttet hatten. Darum wurden sie befestigt mit Pflanzen, die auch im Sand und in der Trockenheit wuchsen.

Am Strand fand ich auch keine Spielgefährten, zumal mein Vater sich sowieso gerne abseits der Menschenmassen aufhielt. Die obligatorische Strandburg wurde gebuddelt und die „Außenmauer“ mit Zischken ein Name gesteckt. Wie man sich als Kind am Wasser beschäftigte, war nicht anders als heute. Einen neuen Wasserball, Eimerchen und Schaufel hatte man sowieso im Reisegepäck. Also wurde gebuddelt, kleine Burgen gebaut und der Phantasie waren keine Grenzen gesetzt. Mein Vater half mir auch dabei, so dass ich Kinder nicht vermißte.
Meine Mutter war nicht „braun“ zu kriegen. Sie hatte schnell gerötete Haus und lag nur im Schatten. Gerne ging sie deshalb über Mittag nach „Hause“, um das Essen zuzubereiten. Aber eine gute Schwimmerin war sie! Wenn die See ruhig war, schwamm sie weit hinaus und Vater und ich hofften, dass sie doch bald umkehren möchte.

Eines Tages fiel mein schöner großer Wasserball weiter als sonst ins Wasser. Ich wollte ihn holen, aber er trieb mit jeder kleinen Welle weiter ab. Ich erreicht ihn nicht mehr. Die Tränen standen mir gewiss in den Augen und das Herz klopfte sehr. „Mutti, Vati!"
Aber Vati konnte nicht schwimmen und so mußte Mutti ran. Sie tat es wirklich gerne, aber der Ball trieb immer vor ihr her. Ball und Muttis Kopf wurden immer kleiner. Kein Mensch war auch dort in der Nähe. Zuerst war auch die Freude da, dass Mutti ihn retten würde, aber dann wurde die Angst von meinem Vater und mir um Mutti immer größer.
Sie kehrte endlich um und wir waren glücklich, dass Mutti wieder kam. Der Ball schwamm weiter. Er wurde kleiner und kleiner und war dann nicht mehr zu sehen. Nun wurde gerätselt, wo er wohl landen würde, ob ihn jemand fangen würde. Ich bekam in diesem Sommer sicher keinen neuen Ball mehr.
Aber um das Haus herum gab es ja auch etwas zu sehen. Eine kleine Schweinehütte mit spitzen Dach für nur ein Schwein.
Die „Hütte" hatte einen „Vorgarten" und dort „stampfte" das Schwein durch den Modder. Es war wohl mein erstes Schwein, was ich so nahe bewundern und bestaunen konnte. Unvergessen ist mir, wie plötzlich aus dem Modder eine alte Scheuerbürste zum Vorschein kam und das Schwein diese Bürste fraß. Fest stand nun bei mir „Das Schwein ist ein Allesfresser".
Das nächste „Ereignis" in unmittelbarer Nähe des Hauses war eine kleine Tonne zum Räuchern der Fische. Jetzt sah ich, wie die Fische „aufgehängt" wurden und mit Zischken, die ich bereitwillig sammelte, die Tonne beheizt wurde.
Es qualmte, aber es roch doch gut. Mein Vater, der so gerne geräucherte Fische, besonders Flundern mochte, konnte es gar nicht abwarten und stand unruhig an und um die Tonne herum. Endlich waren sie fertig und man konnte ganz warm und frisch die Flundern essen. Und mein Vater brachte mir den Geschmack der verschiedenen Fische und das „Bepuhlen" der Flundern bei.
Nun kamen die Wanderungen durch`s Dorf, die nähere Umgebung und zum Haff bei schlechtem Wetter oder abends dazu. Wie unver-

gessen das Rauschen der See und der Kiefern, der Duft von Salzwasser und Nadelwald.
Und plötzlich stand man wieder am Wasser, dem Kurischen Haff. Sicher habe ich nie die Landkarte studiert und deshalb nie genau gewußt, wo ich war, aber faszinierend war es schon, vor sich und hinter sich Wasser zu haben.

Ganz faszinierend waren auch die Kurenkähne mit ihren Kurenwimpeln. Wohnten wir doch 5 - 6 Jahre in Tapiau und hier sah man viele Sorten Dampfer, Schiffe, Schleppkähne und Fischerboote entlang fahren.
Die Kurenwimpel hatten es mir angetan. Zuhause wurde dann nachgezeichnet, entworfen und verschiedene Muster nachgemalt. Obgleich ich auf der Kurischen Nehrung nur als Kind einmal war und auch sehr jung, behielt ich diesen Anblick immer im Kopf. Als wir wieder in Königsberg (Metgethen) wohnten, bekam ich eine Laubsäge geschenkt. Nun konnte ich viel aussägen, malen (z. Bsp. Märchenfiguren). Aber mein schönstes Werk war ein selbst entworfener großer Kurenwimpel, der dann in meinem Zimmer über meinem Bett hing. Unvergessen! Auch das Rauschen der See und der Bäume und der Geruch des Wassers sind und werden mir unvergessen bleiben.

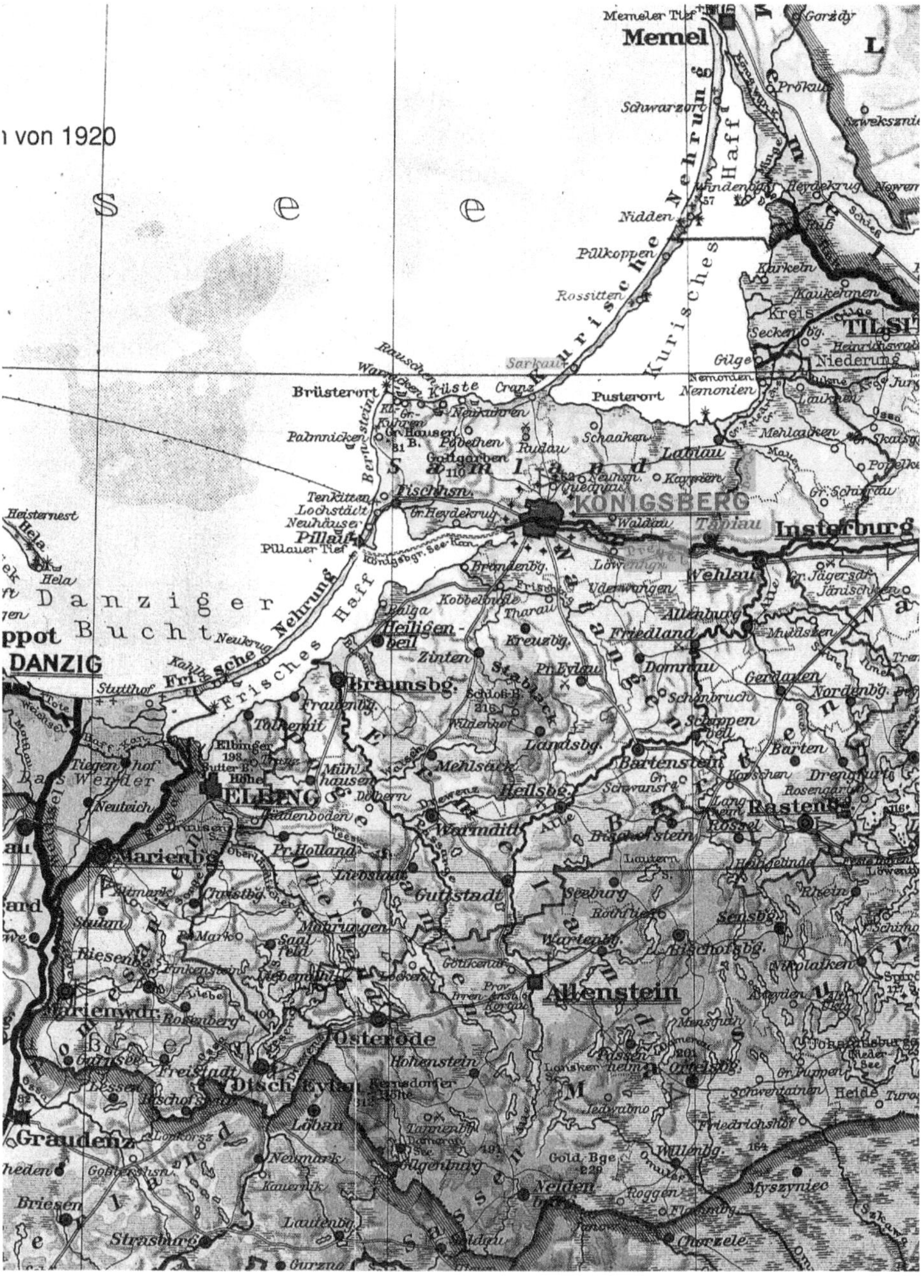

Ausschnitt aus einer Landkarte für das Gebiet um Königsberg

Bild oben: heute finden auf den nachgebauten Kurenkähnen Fahrten mit Gästen/Urlaubern auf der Kurischen Nehrung statt.
Bild unten: Kurenwimpel

Endlich Spielkameraden

Später zogen in unserem Haus in Tapiau in alle Wohnungen Familien mit Kindern ein. So wohnten unten links nicht mehr der Landjäger (Gendarm) mit Dackel „Hexe“, sondern es zogen Flick´s ein.

Drei Kinder! Gerhard (vielleicht 3 Jahr älter), Eva (genau ein halbes Jahr jünger als ich) und Reiner (3 - 4 Jahre jünger als ich). Rechts unten wohnte ein Elektromeister Deimert mit 2 Kindern. Käthe, so alt wie ich und Joachim, einige Jahre jünger. Über uns Betka´s. Herr Betka war Offizier. Sein Sohn hieß Bodo und über Kraul`s wohnte Familie Kaslick mit Edeltraud (schon ein Fräulein) und Brigitte (Gitti genannt). Der Vater arbeitete auch bei der Post. Nun hatte ich Spielkameraden!

Alle waren doch etwas „bessere“ Leute, auf alle Fälle Beamte oder ähnliches. „Krieg“ gab es mit den Kindern im Nachbarhaus, die wohl auch spürten, dass sie etwas ärmer waren. Auf eine Familie Reiter besinne ich mich, die drei oder vier Kinder hatten. Einer der Kinder, ein Junge, den nannten sie „Buba“. Die Höfe waren getrennt. Einmal durch die Rückwand der langen Reihe von Ställen des Nachbarhauses und das vordere Stück mit Bretterzaun. Die Bretter waren stark, hoch und quer und so dicht, dass man nicht auf den Nachbarhof sehen konnte. Aber wie gerne hätte man doch!!!

Vor allem wenn man alleine auf dem Hof war und hörte nebenan fröhliches Kinderlachen oder Geschrei. Es entstand nach und nach eine größere Ritze, die wohl von beiden Seiten mit dem Messer oder Glasscherben vergrößert wurde. Einmal war ich wohl auch alleine auf unserem Hof und plötzlich erschien durch ein Astloch ein Stück Bindfaden, das ganz langsam länger wurde. Ich hin und zog und zog ....
Plötzlich ein Geschrei auf der anderen Seite. Nanu? Ein Mädchen, eine von Reiters, hatte sich das andere Ende um den Finger gewikkelt und ich zog und zog... . Ich wußte es ja nicht!

Und das Ende? Sie schrie, weinte und beschimpfte mich und sagte:

„Ich sag´s der Herta und dem Buba, warte nur, wenn du auf die Straße kommst!“
Was löste das nun bei mir aus? Einmal Angst vor den vielen Geschwistern, also das „Straße gehen“ vermeiden! Und: Warum hatte ich nicht größere Brüder, die auch die Reiters verhauen konnten und mich beschützten?

Kindergottesdienst

Mit 5 Jahren, vom Anbeginn des Wohnens in Tapiau „durfte“ ich Sonntag für Sonntag in den Kindergottesdienst. Furchtbar! In Tapiau wußte ich anfangs absolut nicht, was ich da sollte. Die kalte Kirche! Und im Winter erst! Wir hatten ja kalte Winter, 20 - 30 Grad minus waren keine Seltenheit. Meine Eltern gingen nur alle 3 - 4 Wochen in die Kirche, und da mußte ich auch noch mit! Natürlich mischte mein Vater sich nicht unter „das Volk“, sondern er ging einen Seiteneingang, der eine steile Holztreppe hatte und wo man „oben“ saß. Hier waren wir alleine.
Ich besinne mich noch genau, wie ich einmal ein Reklameblatt von „Erdal“ (Schuhcreme) hatte mit dem bekannten roten Frosch drauf und ich davon „ablas“ und „sang“. Ich rutschte immer die Bänke hin und her. Aber warum bloß mußte ich noch in den Kindergottesdienst? Ich verstand doch nichts. Einmal im Winter versuchte ich es mit einem Trick. Ich hatte unmoderne anknöpfbare furchtbare Schlüpfer von meiner 5 Jahre älteren Cousine Eva, die ihr zu klein geworden waren. Die Knöpfe waren am Leibchen festgemacht, denn die Schlüpfer hatten kein Gummiband. Ich also nach dem Gottesdienst: „Ich muß austreten!“ Mein Vater: „Dann gehe hier in die Ecke.“ Ich: „Ich bekomme die Hosen nicht ab!“ „Du gehst!“. Ich heulte und lief neben meinen Eltern nach Hause. Mein Vater: „Kannst zu Hause austreten und dann gehst du noch!“

Ich mußte wirklich noch in den Kindergottesdienst. Warum bloß? Warum war meine kluge Mutter nur so? Leider habe ich es nie erfahren.

Später ging ich dann in eine Gemeinschaft und mich nahmen Elfriede und Hilde Kullweit mit in den Kindergottesdienst. Es ging an der Kirche vorbei, am Hotel „Schwarzer Adler“, die Straße leicht fallend, Richtung Pregel. Hier stand das Geburtshaus von dem berühmten Maler Lovis Corinth. Links ein paar Schritte weiter die Sonntagsschule.

Lovis Corinth wurde hier in Tapiau 1858 als Sohn eines Gerbers geboren und studierte an der Königsberger Akademie und ab 1880 in München. Als Porträtmaler, Zeichner, Radierer und Lithograph nimmt er in der deutschen Malerei des 20.Jh. einen besonderen Platz ein. Er verstarb 1925 in Zandvoort (Holland).

Wenn ich mir die Bilder vom Geburtshaus von Lovis Corinth ansehe, dann meine ich, hier mußte ich vorbei, auf meinem Weg zum Kindergottesdienst. Keine Ahnung, was das für ein „Verein“ war! Baptisten aber nicht, dagegen war meine Mutter. Sicher eine „freikirchliche“ Gemeinschaft oder so etwas. Ja, ich mußte abends von klein auf beten:

Ich bin klein, mein Herz ist rein, soll niemand drin wohnen, als Jesus allein!

Erzählt wurde mir, dass ich bei den Anfangsversuchen gebetet hätte: „ich bin klein, ... heiß weiter“. Mutti. „mein Herz ist rein...“ und ich „mein Herz ist rein ...heiß weiter?“ Jetzt beim Schreiben merke ich erst, was für ein Blödsinn das ist. Ich habe es damals eben hingeplappert.
Später waren es wohl „selbst gemachte“ Gebete, denn ich „flehte den lieben Gott“ nach 2 - 3 größeren Brüdern an. Aber auch vergebens.
Ich wollte nur, daß die „Reitermädchen“ mal Haue von „meinen Brüdern“ bekommen. Ob ich wirklich Haue bekam von den Reiters, glaube ich nicht. Aber ausgerissen bin ich, das weiß ich.

Eine unvergessliche Geschichte fällt mir noch zum Tapiauer Kindergottesdienst ein. Die Pastorenfrau wohnte gleich auf dem Grundstück, wo auch der Gemeindesaal dazugehörte.

Sie lud uns Kinder zum Kaffetrinken und Spielen an den Nachmittagen ein. Wir sollten uns etwas zum Essen mitbringen. Ja, was? Ich aß ja nicht gerne Kuchen. Bei unserem besten Bäcker Ballhaus mußte ich vorbei und sollte mir einen „Kaiserkragen“ oder „Amerikaner“ kaufen. Aber was kaufte ich? Ein trocken knuspriges Brötchen. Und was machte ich? Jetzt konnte ich ja endlich, ich habe das Brötchen „ausgepuhlt“ und habe dort mein trockenes ausgepuhltes Brötchen gegessen.
Wenn meine Mutter das gewußt hätte! Sicher hat sie mich nicht ausgefragt, aber ich habe es ihr, so ehrlich wie ich war, bestimmt selbst erzählt.

Hätte ich nur Zöpfe

Ach, hätte ich nur Zöpfe! Aber meine Haare waren dünn und weich und es gab nur eine große Schleife.
Wenn meine Mutti große Wäsche hatte - in der Waschküche unten im Haus mit Extraeingang - dann mußte ich, das Urselchen, den ganzen Tag alleine sein. Wie schön! Ich band mir eine große weiße Windel um den Kopf, die ich hinten zusammenband und hatte somit vorn zwei Zipfel. Zöpfe! Daran band ich mir große Schleifen und legte die Zöpfe vor dem großen Schlafzimmerschrank „zurecht“. Mal beide Zöpfe nach vorn, mal nur ein Zopf vorn und ich lebte in meiner Phantasie.
Die Tochter vom Pfarrer hatte schöne dicke Zöpfe und dazu noch eine Brille. Habe ich sie beneidet! Sie war 2 - 3 Jahre älter. Einmal konnte ich sie ganz aus der Nähe bewundern. Meine Freundin Hilde unterhielt sich mit ihr, als wir an der Kirche vorbei zum Kindergottesdienst gingen. Ich betete abends im Bett meine „selbst gemachten“ Verse: Zöpfe, Brille, 2 - 3 größere Brüder, die mich beschützten …

Heimkino

Später machte ich mir „Heimkino“ im Bett abends. Der Begriff „Heimkino“ stammt von meiner Tochter Maike, die mir mit 10 oder 12 Jahren mal sagte, als sie ins Bett mußte: „Dann mache ich mir mein Heimkino“ und gleich plapperte sie los, wie das funktionierte. Genau wie bei mir damals in Tapiau und auch anfangs noch in Königsberg-Metgethen. Man spinnt und zaubert sich seine erwünschte Kinderwelt.
Und meine „Heimkino-Kinderwelt“? Ich hatte „2 große Brüder“, die nett zu mir waren und mir gegen die „Reitermädchen“ halfen. Und Bleyle-Kleider hatte ich, die „krabbelten“ bestimmt nicht, wie der selbst gestrickte Pullover von meiner Oma Kudling. Hellblau im Kästchenmuster, paßte zwar gut zu dem dunkelblauen Faltenrock, aber ohne „Unterzug“ war er nicht zu tragen, er krabbelte furchtbar auf der Haut.
Aber zum Glück war es im Winter sehr kalt und die „Unterzüge“ für mich sehr angenehm gegen „krabblige“ Strümpfe und den Pullover. Ein „Unterzug“ war langärmelig und langbeinig und im Ganzen.
Später in der Mittelschule saß ich neben Erika Ballhaus, der Tochter vom Bäcker Ballhaus. Sie hatte „viele“ Bleyle-Kleider und Pullover und ich bildete mir ein, die krabbelten nicht.
Aber diese echten Bleyle-Sachen waren viel zu teuer und blieben so nur ein Wunsch. Aber jeden Abend bei meinem Heimkino hatte ich sie auch.

Pregel - Deime

Tapiau, das waren heiße Sommer und sehr kalte Winter. Ein Kinderparadies durch die Flüsse Pregel (Anhang 4) und Deime. Hier floß der Hauptfluß Ostpreußens, der 125 km lang war und aus Inster und Angerapp entstand und ab Insterburg schiffbar war. Daß er unterhalb von Königsberg ins Frische Haff mündete und mein zweites Kinder- und Jugendparadies später werden sollte, ahnte ich damals noch nicht. Daß die Deime durch Tapiau floß, die ein schiffbarer Mündungsarm des Pregel war und ins Kurische Haff nach Labiau floß, das wußte ich, denn die ostpreußische Landkarte war mir bekannt. Es war mir aber immer ein Rätsel, und nie wollte ich meinem Vater glauben, daß der Pregel plötzlich die Deime war!

Auf der Landkarte sieht man, dass der Pregel in Tapiau einen „Knick" macht und der Pregel geradeaus weiter floß und ich dachte, es wäre die Deime. Wie machten viele Spaziergänge dorthin und standen dann vor diesem Wunder! Und das sollte in mein Kinderhirn! Und doch wußte ich, wenn wir von dieser „Teilung" des Flusses ein Stückchen weg waren, daß ich dann an der Deime war!!!

Die Deime floß also nach Labiau und mündete im Kurischen Haff. Aber wie begrenzt war doch damals die Umgebung. Man hatte kein Auto, das Geld mußte gut eingeteilt werden und Zug- oder Busfahrten waren eine Seltenheit.

Einmal war eine Schiffahrt (vielleicht von der Post aus), sagen wir Dampferfahrt nach Labiau.
Leider habe ich keine große Erinnerung daran. Nur, dass es abends nicht zur festgelegten Zeit nach Hause ging und es schon dunkelte. Es hieß „die Schiffsschraube war gebrochen".
Ich besinne mich nur dunkel, dass wir am Ufer standen und gerätselt wurde, ob und wann es überhaupt weitergeht.

Der Bahnhof lag von der Stadt ca. 2 km entfernt. Die Bahnstrecke war Königsberg - Insterburg – Gumbinnen. Nie kam ich damals mit dem Insterzug nach Richtung Osten.
Vom Markt fuhren von 2 Hotels aus - das eine hieß „Schwarzer Adler" - 2 Busse zu den Zügen. Das war ein Fest, wenn ich mal mit dem Bus fahren konnte. Und der eine Bus fuhr sogar bis vor unsere Haustür, wenn man vom Bahnhof kam und darum bat.

Zeichnung einer Ansicht von Tapiau

Zeichnung des Postamtes nach einer Fotografie von Erich Kudling, dem Bruder des Vaters

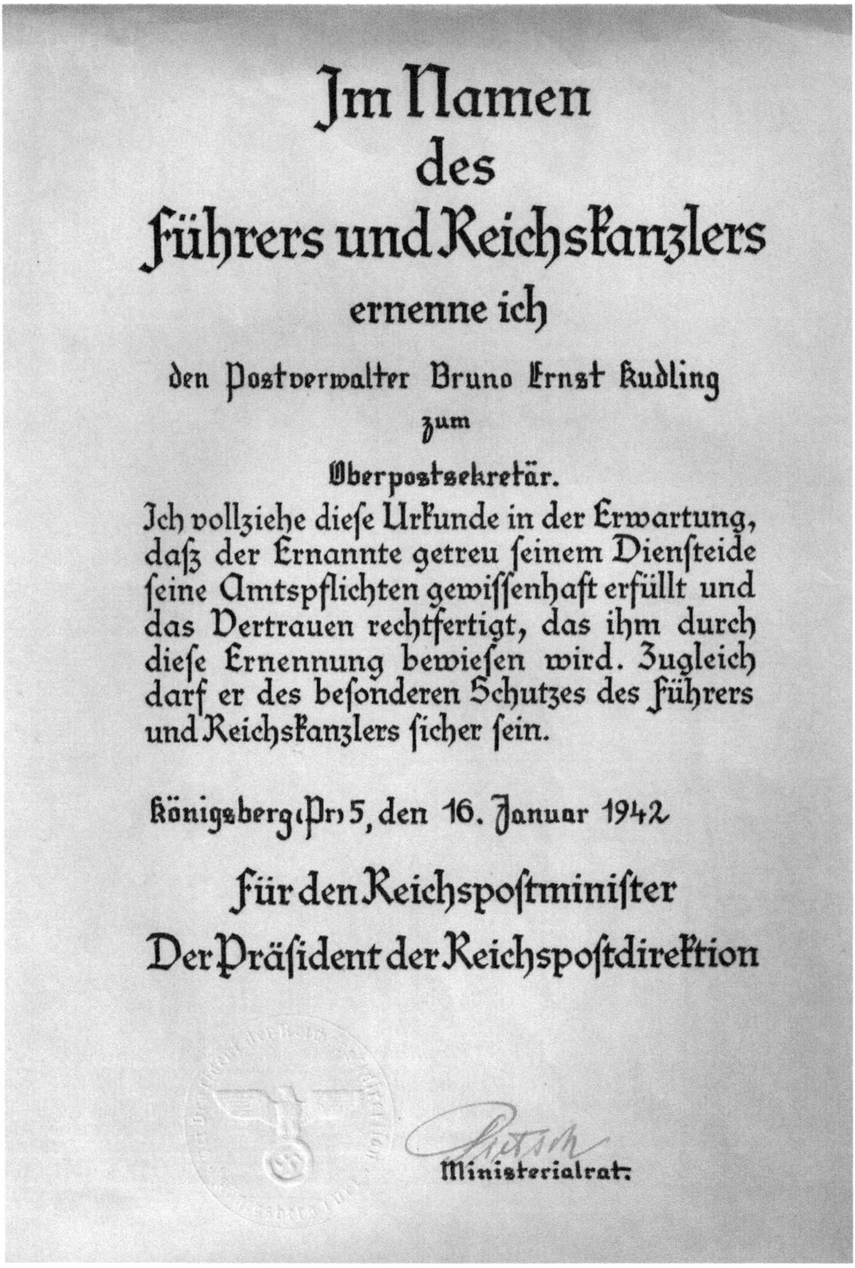

Im Namen
des
Führers und Reichskanzlers
ernenne ich
den Postverwalter Bruno Ernst Kudling
zum
Oberpostsekretär.

Ich vollziehe diese Urkunde in der Erwartung, daß der Ernannte getreu seinem Diensteide seine Amtspflichten gewissenhaft erfüllt und das Vertrauen rechtfertigt, das ihm durch diese Ernennung bewiesen wird. Zugleich darf er des besonderen Schutzes des Führers und Reichskanzlers sicher sein.

Königsberg (Pr) 5, den 16. Januar 1942

Für den Reichspostminister
Der Präsident der Reichspostdirektion

Pietsch
Ministerialrat

Ernennungsurkunde von Bruno Kudling

Aber mein wanderfreudiger Vater ging ja immer zu Fuß (und außerdem sparte man 10 oder 20 Pfennig). Mein Vater machte vom Frühling bis zum Herbst, wenn es kein „Sonnenwetter“ war, immer große Wanderungen. Für mich jedoch ein Greuel! Aber so ging es am Pregel und an der Deime entlang über die herrlichen Wiesen. Ich weiß, daß wir auch andere Touren gingen. Aber welchem Kind gefällt das schon!? Ich war ja auch alleine!
So ging es kilometerweit durch fremde Dörfer auf Landstraßen. Auf dem Rückweg durchquerten wir wieder andere Dörfer. Ich wollte oft nicht weiter und wollte zurück. Mein Vater:

Setz dich hier hin und warte, bis wir zurückkommen!

Aber ich wußte ja, dass sie hier nicht wieder vorbei kamen. Aber nochmals zur Deime. Neben der Deime ging eine erhöhte Chaussee entlang, links schmale Wiesen, dann die Deime und rechts nach der Chaussee große weite Wiesen. Dort war ein „Trampelpfad“, ein schmaler Wanderweg über die weiten Wiesen zum Kiefernwald. War das weit, so fand ich damals!

Erdbeben

Im Sommer bestaunte ich hier das „erste Erdbeben“ in meinem Leben. Die Wege waren durch die heißen Sommer so trocken, dass die Erde Risse hatte und das war natürlich für mich das „Erdbeben“. So mußte es doch aussehen!!! Noch heute, wenn ich im Fernsehen von den vielen schrecklichen Erdbeben höre, muß ich doch - bei aller Schrecklichkeit der Beben - über mein „kleines Erdbeben“ lächeln.

Die Großeltern Kudling waren oft auf Besuch in Tapiau. Opa hatte immer Freifahrten, weil er bei der Eisenbahn war. Einmal gingen wir gemeinsam spazieren. Oma hatte ein dunkelblaues Kleid an, das hellblaue und gelbe Punkte hatte. Ein Restchen des Stoffes bekam meine Mutter. Es wurde ein Röckchen und ein gelbes Blüschen daraus gearbeitet. Als Oma mit dem Kleid bei uns war und wir wieder einen großen Spaziergang machten, bettelte ich, das ich das Röckchen auch anziehen durfte. Meiner Mutter hat es sicher nicht gefallen, aber ich „siegte“ und war stolz! Und dann ging es über diese Wiesen, das „sehe“ ich noch genau vor mir, auch das Röckchen.

Unterhalb der Chaussee waren Schleusen in großen Abständen, die das Deime-Wasser im Herbst, wenn die Flüsse viel Wasser hatten, auf die große Wiese leitete. Es sah dann wie ein „Riesensee“ aus.

Schlittschuhe

Damit hängen meine schönsten Wintererinnerungen an meine Kinderzeit in Tapiau zusammen.
Diese großen Flächen froren hart und fest zu. Eine „Riesen-Schlittschuhlauffläche“ entstand.
Also: Schlittschuhe wünschen! Ich bekam sie zu Weihnachten und besinne mich, wie mein Vater mit mir zum Pregel ging, wo bis zum Rand die Eisschollen gefroren waren und das Eis „hucklig und bucklig“ war!! Hier war ja auch kein Mensch, und das war für meinen menschenscheuen Vater wohl das wichtigste. Es lief sich aber nicht so leicht, wie es bei den anderen aussah. Taten mir die Knöchel danach weh! Bei diese „huckligen und buckligen“ Stellen „sah“ ich immer wieder, wie der „Esel übers Eis lief“ und mich am 17. Januar verloren haben soll..
Ich weiß nicht mehr, wie ich mir das Schlittschuhlaufen antrainiert habe. Ich muß 7 oder 8 Jahre alt gewesen sein. Jetzt „sehe“ ich mich nur noch zu der „Riesen-Deime-Seenplatte marschieren".
Natürlich Mantel und darunter Trainingshose, dunkelblaue Teufelskappe, Wollhandschuhe - von Oma Kudling gestrickt, natürlich 2 Paar - und mit Lederriemen die Schlittschuhe zusammengehalten.
Ja nicht den „Nuddler“ (den Schlittschuhschlüssel) vergessen oder verlieren! Also am besten mit Bindfaden um den Hals gehängt.
Der Weg war weit, so fand ich. Durch ganz Tapiau, über die Deime-Brücke, den Hang hinunter auf die Riesenfläche. Natürlich war nur

in der vorderen Ecke das Getümmel. Eigenartig, selten waren diese Flächen zugeschneit. Ich nehme an, daß der Wind den Schnee über die großen Eisflächen wegfegte.

Ich besinne mich, daß ich so gerne aus dem Getümmel heraus wollte und - da ich nie gern alleine war - immer „Mitfahrer“ suchte. Aber ich fuhr allen zu schnell. Auch konnte ich mal eine „kesse Lippe“ riskieren, mich holte ja keiner ein! Ab und zu „gewann“ ich dann doch jemanden, bis an den Waldrand mit mir zu flitzen. Herrlich, wenn der Wald immer näher rückte, den man sonst nur am „Horizont“ sah!

Steif gefrorene Handschuhe, müde und durchgefroren von dem weiten Weg nach Hause kam ich dann im Dunklen an. Wie herrlich schmeckte dann der Malzkaffee in der Küche und eine oder zwei Gänseschmalzstullen. Oder nach meinem Geburtstag die Buttercremetortenstückchen, die ich sonst eigentlich nie gern aß! Am besten schmeckte mir das runde Mittelstück, auf das meine Mutter die Geburtstagszahl gespritzt hatte!

Rummel

Aber auch andere schöne Erlebnisse gab es! Jedes Jahr kam bestimmt ein kleiner Zirkus nach Tapiau oder ein Rummel. Auf dem Rummel gab es Karussells, Losbuden und anderes.
Stolz - mit 2 Dittchen (20 Pf.) - in der Faust zog ich dorthin. Karussell fahren, auf einem geliebten, vergeblich gewünschten Fahrrad zog ich dann für höchstens 5 Pf. meine Runden. An der Losbude wurden für 5 oder 10 Pf. 3 Lose gezogen. Nie habe ich etwas gewonnen. Ab und an einen Trostpreis. Ich besinne mich auf ein Päckchen Sicherheitsnadeln. Aber so ging es mir im ganzen Leben!!! Nur Trostpreise!!!
Zu dieser Zeit wurde sich dann auch verkleidet. Es wurde „altes Zeug“ angezogen. Meine Mutter hatte einen hellgrauen langhaarigen Pelzkragen, den ich bei ihr nie an einem Mantel oder an einer

Jacke gesehen habe. Den steckte ich mir mal als Schwanz mit einer Sicherheitsnadel an die „richtige“ Stelle. Dann gingen wir auf die Straße und machten „Kinder-Ausländisch“ und das besonders laut und deutlich, wenn Leute vorbei gingen.

Wir bildeten uns doch tatsächlich ein, dass die Leute nun denken, wir wären vom Zirkus und „Ausländer“. Aber eben Kinderglück!!! Phantasie hatten wir schon!

Später, als ich meine Tochter Maike mit ihrer Freundin Elke spielen sah, dann dachte ich an meine Kinderzeit! Ich gab ihr gern Sachen zum Verkleiden, denn ich bekam als Kind wirklich nicht viel. Alles wurde weiter verwendet. Aus alten Kleidern von Mutti wurden Kinderkleider für mich genäht, die oft nicht lange hielten.
Ein schickes gestreiftes, buntes Dirndl (Röckchen mit Mieder) hatte ich. Das zog ich mir über die Knie, als ich auf dem Hof auf der Hintertreppe saß und „ratsch“ war ein Schlitz von 20 bis 30 cm quer drin. Die Knie sahen durch.
Oder als Onkel Walter bei Tante Anna in Königsberg heiratete. Sie wohnte gegenüber der Börse.
Ich bekam ein Kleid aus einem sehr breiten, seidenen Schal meiner Mutter. Es hielt nur einen Tag! Ich sehe mich noch in einem großen Toilettenraum bei Tante Anna auf dem Toilettenbecken stehen und Mutti nähte (heftete) das Kleid zusammen! Aber auch das ging damals. Man mußte sparen können und praktisch sein, dann ging es einem nicht so schlecht.
Ich fand jedenfalls, dass es mir gut ging. Glücklich war ich, wie die Kinder in dem Alter alle sind, wenn sie nicht hungern.

Roller

Ich wünschte mir sehnlichst einen Roller, den ich aber leider nicht bekam. Warum wohl?
Mein Vater behauptete, die Schuhsohlen werden durchge... ja was? Abgenutzt! Ich mußte es einsehen. Er meinte, dass es doch logisch

wäre, wenn man sich immer mit dem einen Fuß abstößt! Aber warum hatten die anderen Kinder einen?

Jetzt würden die Kinder sagen - meine waren da keine Ausnahme - „alle Kinder haben“ ...
Jedenfalls hatte Götz Kraul und Käthe Deimert einen, die mich auch mal „rollern“ ließen. Ich hatte aber einen großen Bären auf Rädern, auf den man sich setzen konnte (reiten) und ziehen lassen. Sicher habe ich ihn auch mal geerbt von Eva, denn der Rücken war nicht mehr so „behaart“ wie der wuschelige Bauch, der noch ahnen ließ, was er mal für ein Prunkstück war.

Eva hatte ihn auch schon geerbt. Den Bären konnte ich sogar vor meinen Handwagen einspannen. Er war außen gelb-beige und innen rot und so einen hatte auch niemand. Hier durfte man sich hinein setzen. Ich nehme an, dass er selbst gemacht war und dass er zu meiner Kindheit als „Sportwagen“ genutzt wurde. Dieses Gespann hatte also niemand und das ließ mich den fehlenden Roller verschmerzen.
Der Phantasie waren ja keine Grenzen gesetzt und so konnte der Bär Hund, Pferd oder Elefant sein und der Handwagen war mal Puppen- oder Kinderwagen, Pferde- oder Zirkuswagen und sogar Kastanien konnte man damit zum Förster schaffen. Man erhielt sogar ein paar Dittchen, wenn die „Anlieferung“ sich lohnte. Vor unserem Haus und an den 3 - 4 Häusern bis zur Ecke Turnhalle standen große Kastanienbäume. Auch ein herrliches Kinderparadies! Man konnte vor unserem Haus in Ruhe spielen. Zuerst die kleinen Vorgärtchen mit Zaun, dann der gepflasterte Bürgersteig, deren Steine sich so schön „anmalen“ ließen, wenn nach der Kastanienblüte die kleinen grünen, unreifen Früchte massenhaft auf der Erde lagen. Man konnte gut „Haschen“ spielen, man konnte im Schnee „rodeln“, denn es ging leicht bergab und zum Torweg war der Rodelweg noch länger. Oder allerlei Spiele im Schnee veranstalten.

Krankenwagentransport

Ein normaler großer Schlitten - dazu war mein „4-Sitzer“ besonders gut geeignet - und der Schlitten von Götz umgekehrt darauf. Ich lag als „Kranker“ bereit im Schnee und wartete auf den Abtransport. Der Krankenwagen kam und der gemeine Krankenwagenfahrer zog mich an meinen kurzen „Rattenschwänzchen“ (Zöpfe) auf den Wagen. Das heißt, er wollte!!! Ich brüllte und weinte und: „Das sag ich meiner Mutti!“ Also, Teppen hoch, Götz Kraul mit und wir klingelten zur gleichen Zeit. Kraul´s und wir wohnten auf der ersten Etage, die Türen waren gegenüber.

Beide Muttis machten auch zur gleichen Zeit die Türe auf. Götz grinsend und ich heulend: „Der Götz hat...“
Nie, aber auch nie, hat meine Mutter auf andere Kinder geschimpft oder sich mit anderen Müttern gezankt. Manchmal tat ich mir selbst leid, dass ich nie Hilfe bekam.
Einmal schupste ich Käthe Deimert, die unter uns wohnte, und die sowieso nicht so schön spielen konnte wie ich und viele andere Kinder, die Treppe in der Mittelschule runter. Sie sollte zwar nicht hinfallen, sie „trödelte“ aber vor meinen Füßen und ich „half nach“, denn ich konnte sie nicht richtig leiden. Sie fiel hin. Das hatte ich nicht gewollt. Natürlich klingelte Frau Deimert gleich bei uns und beschwerte sich. Na ja, hier mit Recht!

Traurige Erlebnisse waren, als Käthes kleiner Bruder Joachim von einem Auto überfahren wurde und noch am gleichen oder am nächsten Tag im Krankenhaus starb. Und dabei war doch wirklich kein so großer Verkehr wie jetzt. Er soll noch ein neues kleines Schaufelchen (Schippe) in der Hand gehabt haben. Sicher wollte er es seiner Schwester zeigen und sie von der Volksschule abholen. Man nahm an, daß er ein Klingeln der Schulglocke gehört hätte und über die Straße lief. Das war traurig.

Flick´s wohnten Parterre. Herr Flick war bei der Gendarmerie. Sie hatten 3 Kinder: Eva-Maria (Evi) war so alt wie ich und Gerhard 3 - 4 Jahre älter. Evis kleiner Bruder Reiner war noch zu klein, um ihn in unsere Spiele einzubeziehen. Er kam wohl mal die Treppe hoch und wollte bei Kraul´s klingeln, um mit Gerd zu spielen. Meine Mutti, die ihn auf die Treppe traf, sagte zu ihm: „Klingle nur nicht, Gerd schläft jetzt". Und was sagte der kleine Reiner: „Hühner-Kacke-Bengel-Tante" und spuckte leicht auf die Treppe.

Die Vierpfennigmünze

Ich erinnere mich an mein erstes 4-Pfennig-Stück.

Ich spielte ungefähr mit 6 Jahren allein auf einem großen Sandhaufen im Hof. Damals wohnten wohl noch wenige Kinder im Haus. Beim buddeln fand ich ein 4-Pfennig-Geldstück. Glücklich! Ich hatte dieses Geld noch nie gesehen. Ich glücklich hoch zu meiner Mutti und bettelte zu Hause: 8 Reckpuppen bei der Bäckerei Fleischer oder lieber 8 „Fäden Lakritze" Oder halbe halbe? Meine Mutter machte mir klar, dass es mir nicht gehört und jemand aus dem Haus mußte es ja verloren haben! Aber wer? Es spielten doch kaum Erwachsene im Sand! Und Kinder gab es kaum im Haus. Meine Mutti: Du gehst zu allen Familien und klingelst und fragst, ob sie einen „Vierer" verloren hätten.
Oh weh, das war hart! Aber sie bezweckte sicherlich, mich zur Ehrlichkeit zu erziehen. Fundsachen kann man sich nur behalten, wenn man sicher ist, dass sie niemand vermißt.

Die Abbildung zeigt die kuriose Vierpfennigmünze
Foto: Manfred Pfefferkorn

Mein Herz klopfte! Wenn sie nur alle „nein“ sagen würden! Vielleicht schwindelt auch nur einer und will den „Vierer“? Bei den Familien oben: nein. Noch 3 x klingeln. Nein, nein.
Ich war ein glückliches Kind. Warum meine Mutter, fand ich, doch so genau war.
Keiner war ärmer und ich aber glücklich. Wer sollte im Sand mit Geld gespielt haben?
Nun waren sie meine und ein überglückliches Kind lief gleich zum Bäcker Fischer. Nicht Kuchen, nein. Da lachten mich die Reckpuppen an (10 für 3 Pfennig) oder die Lakritz-Fäden? Ich nahm wohl 8 Reckpuppen. Glücklich, nicht gleich gegessen.
Recht schmutzig wurden sie wohl gegessen. Gewiß nicht an einem Tag. Es war eben nur das Glück!

Ja, und als ich das nach 30 Jahren mal meinem Mann und meiner Familie als Story erzählte, wollte mir niemand glauben, dass es 4-Pfennig-Stücke gegeben hat. Und ich sah sie genau vor mir. Später wurde im Ostpreußenblatt ein Artikel über das 4-Pfennig-Stück geschrieben. Ich hatte Recht.

Schulbeginn

1932 kam ich in die Schule. Solche große Feiern, wie sie jetzt abgehalten werden, gab es nicht.
Ich besinne mich auf meinen dunkelgrünen Samtmantel, den ich wohl an den Haken im langen Korridor hängen mußte. Meine Mutter stand mit noch einer Frau zusammen und ich nehme an, es war Frau Conradi, denn Hannelore war so alt wie ich. Ich sehe nur in dem neuen Gebäude der Volksschule, das 1906 an das alte große Schulgebäude angebaut war, den langen Gang.
Sicher bin ich ihn entlang „gepeest“ - normal. Auch an meine „Zuckertüte“ erinnere ich mich.
An ein Foto von mir mit Zuckertüte, dass mein Vater damals machte, welches aber in Ostpreußen „blieb“, erinnere ich mich noch. Ich

soll gleich an diesem ersten Tag einen Haken an der Garderobe abgerissen haben! Das wurde mir jedenfalls „zeitlebens" unter die Nase gehalten. Der Haken war bestimmt schon locker! Muß ich schlimm gewesen sein!? Ich weiß es nicht. Meine Mutter wollte wohl ein „Musterexemplar" aus mir machen! Aber welche Mutter will das wohl nicht!!

Zuerst hatten wir 2 Jahre bei Herrn Uschkoreit Unterricht. Ich erinnere mich noch an das Klassenzimmer. Eine reine Mädchenklasse und drei lange Schulbänke mit Tintenfässern zum Eintauchen der Federhalter. Ich saß in der Mitte an der Fensterreihe. Angefangen haben wir auf der Schiefertafel mit Griffel zum Schreiben. Auch sehe ich mich noch zu Hause im geräumigen Schlafzimmer am großen Fenster am Kindertischchen sitzen und die „i", „in", „m" usw. schreiben. Wie oft verwischten die Buchstaben! Es gab eine Papphülle mit Gummiband an den Ecken als Schutz. Aus dem Ranzen hingen Schwamm und Lappen, die an der Tafel mit Bindfaden befestigt waren. Der Schwamm mußte feucht sein und das Läppchen diente zum Trockenreiben, damit kein Geschmiere entstand.

Meine Mutter sorgte immer für ordentlich, doppelt und schön genähte Läppchen. Bald begann man mit Tinte zu schreiben und dazu gehörte ein Holzfederhalter mit einer einsteckbaren Feder. Und wie schnell war die Tinte verbraucht nach einem kurzen Wort und man mußte neu in das Tintenfaß mit dem Federhalter eintauchen. Auch das mußte man üben! Tauchte man zu weit ein, war der Holzfederhalter auch voll Tinte. Jedes Kind hatte Mittel-, Zeigefinger und Daumen mit Tinte geschmückt. Was gab es da für Kleckse auf dem Heft, auf dem Kleid oder der weißen gestickten Schürze! Wie waren mir die Schürzen verhaßt! Wie schnell waren sie schmutzig.
Was gab es für Ärger damit! Und auch hier nahm ich mir wieder vor: Meine Kinder brauchen das mal nicht!
Auch heute trage ich eine Schürze nicht gern oder überhaupt nicht! Ist ja auch sinnlos bei den pflegeleichten Kleidungsstücken und wie schnell wäscht heute der Waschautomat Trommeln voller Wäsche.

Keine große Arbeit mehr, kein Waschtag, der beim Hauswart gemeldet werden mußte. Außerdem war bei einem 6-Familien-Haus ein geregelter Rythmus angeordnet. Mit Zitronensaft ging meine Mutter den Tintenflecken „zu Leibe", das sehe ich noch vor mir. Und wie oft hatte mich mein „Hintermann" bespritzt!!!

Herr Uschkoreit war sehr nett, ein junger Lehrer mit 2 Kindern, die jünger als ich waren. Er hieß auch Bruno, wie mein Vater, seine Frau Charlotte, wie meine Mutter und der Sohn Eckhard und die kleine Tochter Ute. Stolz war ich ja, als ich ihm erzählen konnte, dass meine Eltern auch so hießen und ich - Ursula - ja auch mit U begänne, wie Ute. Herrlich fand ich es, wenn wir mit Knetmasse arbeiteten, die in unserem Klassenzimmerschrank aufbewahrt wurde. Das roch so herrlich und ich habe den Geruch noch in der Nase.

In der 3. und 4. Klasse war unser Klassenlehrer Herr Bock. Klein war er, weißhaarig und hatte einen kleinen weißen Bart. Sah niedlich aus, aber ihn fürchtete ich, da er strenger war.
Wenn ein Kind Geburtstag hatte, durfte es sich vor die Klasse stellen, sich ein Lied wünschen und die Kinder schenkten - wenn sie hatten - ein Stammbildchen. Das war ein Fest! Stammbilder waren damals große Mode. Wir machten aus alten Schulheften Tauschalben. Schlugen die Seiten bis zur Hälfte ein, dahinein kamen die Stammbilder (eigentlich die, die man doppelt hatte oder einem nicht gefielen) und der Partner „stach" mit seinem Stammbild in die Blätter. Hatte er 3 x die Seiten erwischt, die nicht eingeschlagen waren, dann mußte er sein Bildchen abgeben. Stach er in die richtigen Seiten, dann zeigte er auf links oder rechts und mußte wohl oder übel das Bildchen tauschen.
In der Pause waren wir wohl immer recht artig, außerdem waren ja keine Jungen in der Klasse, die einen ärgerten. Herr Bock hatte ständig einen Rohrstock in der Hand, mit dem er auch gelegentlich schlug. Die Hände mußten wir auf dem Tisch legen und sie mußten gefaltet sein. Das fiel schwer. Ich besinne mich, dass ich auch mal so unverhofft - sicher habe ich geschwatzt - ein paar über die Finger bekam.

Schlimmer war es, wenn er vorne stand, einen mit dem Zeigefinger zu sich winkte und man die Hand aufhalten mußte. Oh weh!!! Einmal ist es mir mindestens auch passiert. Er hielt die Kinderhand am Gelenk fest und machte mit dem Rohrstock ein paar Mal einige Schläge um sich „einzuspielen“ und dann auszuholen! Und das brannte für den Rest der Stunde! Da war man bestimmt still und saß ganz ruhig!

Einer der beiden Lehrer fragte einmal, wer Goethe war und schrieb „Goethe“ an die Tafel. Ich wusste es stolz als Einzige! „Ein Fotograf!“ Ich war enttäuscht, daß das nicht stimmen sollte. Zu Hause schlug ich gleich die Zeitung auf, ich wußte es doch genau und wollte mich überzeugen, daß ich doch recht hätte, daß die Unterschriften bei den meisten Bildern der „Preußischen Zeitung“ und oh Schreck - er hieß Goetze! Na ja, immerhin das „oe“ stimmte. ...

Ich sehe mich noch vorne am Pult bei Herrn Bock stehen und er korrigierte wohl Aufsätze, die wir ins „Unreine“ geschrieben hatten. Ich hatte geschrieben: „Ich und meine Oma...“. Er meinte, man schreibt nicht „ich“ zuerst, denn es heißt „ich - Esel voran“. Ich als Antwort: „Aber dann ist doch meine Oma der Esel!“ Da wird er wohl wegen meiner Logik geschmunzelt haben.
Wieviel Witze Kinder machen können, das habe ich später in meiner 40-jährigen Lehrertätigkeit selbst genug erfahren können.

Erinnerungen an die Nazi-Zeit

Nun werden meine Nachkommen fragen: Ja und, das war doch die Nazi-Zeit, was hast du da noch in Erinnerung?
Ich schrieb ja schon, dass wir fast gegenüber dem großen Schulkomplex - Volksschule, Mittel- und Berufsschule - wohnten. Davor war ein schöner Zaun, der von einfachem Wein berankt war. Hier bin ich in den oberen Räume in die „Kükengruppe“ gegangen. Ob es eine „Vorgruppe“ der Nazi war, bevor man in den J-M-Bund (Jung-Mädchen-Bund - Anhang 5) eintrat, das weiß ich nicht. Hier machte man „Handarbeiten“. Ich besinne mich aber auf nichts genaues.

In dieser Zeit war eine Theateraufführung in der Schule für Kinder von Kindern. Wenn meine Mutti den von mir gemachten Witz nicht weiter erzählt hätte, ich hätte mich nicht daran erinnert. Es muß wohl zu Beginn der Nazizeit gewesen sein. Aufgeregt erzählte ich zu Hause den Inhalt des Stückes. Es muß sich um eine Geschichte im Königspalast gehandelt haben, denn ich hätte erzählt: „Und dann sprach der „Hufnagel“ zum Kommunister...“ (der Hofnarr zum Minister).

Ich besinne mich, dass mein Vater eines Tages früh sagte: „Die Hakenkreuzfahne auf der Schule (oder an der Schule) ist wieder weg und es hängt jetzt wieder die rote Fahne!“ Es muß also einen Lehrer gegeben haben, der den Mut besaß, die Fahnen auszuwechseln, er mußte also ein Nazigegner gewesen sein und wohl ein „Kommunister“.

Mein Vater sagte nur: „Bin gespannt, wie lange das noch geht, bis sie ihn schnappen!“
Ob er nun voller Hass oder voller Sympathie für diesen mutigen Lehrer war, das merkte ich damals nicht.

Eines Tages war eine große Verbrennung auf dem Marktplatz, ich weiß noch die Stelle und sehe auch noch das Feuer, aber ob Bücher oder Fahnen verbrannt wurden, das weiß ich nicht mehr.

Man sah in den vergangenen Jahren so viele Filme darüber, dass sich die eigenen Erinnerungen darüber zum Teil verwischen.

1. Mai

Am 1. Mai hatte meine Mutti Geburtstag. Daran sind mir einige Erinnerungen geblieben. Es war eben immer der „1. Mai“ und ein Feiertag. 1933 war Hitler an die Macht gekommen. Ich war 4 Jahre alt und habe zum Teil bewußt, aber meist unbewußte die Nazi-Zeit erlebt.
Welches Kind kümmert sich schon um Politik, wenn die Eltern sich politisch nicht engagieren. Ich kann mich nicht besinnen, dass mein Vater einmal am 1. Mai mit marschierte. So etwas liebte er sowieso nicht.

Ich besinne mich aber, dass die Häuser zum 1. Mai geschmückt werden sollten. Die Frauen des Hauses saßen in der Mangelstube, die zum Haus gehörte und haben aus Fichtengrün Girlanden geflochten und vielleicht auch 2 x 4 Hakenkreuze (auf Holzgestelle) mit Grün beschmückt, die an die 4 Balkone gehängt wurden.
Unser Haus ließ sich gut schmücken, da es sehr hübsch und neu war und in der Mitte hatte es einen Erker. Mein Vater sorgte für eine elektrische Illuminierung (Beleuchtung) und so waren alle Hausbewohner stolz auf das gut und gleichmäßig geschmückte Haus. Es sah dann abends sehr gut und gleichmäßig beleuchtet aus. Nur das Rathaus war schöner geschmückt. Da war mein Vater sicher stolz und die anderen Bewohner auch.

Einmal war ich am 1. Mai vormittags mit meinem Vater zum Markt in eine Gärtnerei gegangen, um Tulpen zum Geburtstag zu kaufen. Herrliches Wetter, hellblaues Sommerkleid, weiße Söckchen und Sommerschuhe!
Der Markt war mit Birkenbäumchen geschmückt, es ging sich herrlich auf dem Bürgersteig an der Post vorbei. Grün - grün - Maiengrün ... so gingen wir zu den Pregelwiesen und setzten uns ins

Gras. Ansonsten sahen wir den Umzug vom Balkon oder Fenster aus.

Einmal sagte mein Vater zu meiner Mutter, als der Maiumzug die Königsberger Straße entlang kam: „Der Deimert (der Elektromeister aus dem Haus) marschiert beim „S t a h l h e l m“!“ Aber ich sah keine Stahlhelme! Das ist mir bis heute noch so in Erinnerung. Marschiert der Herr Deimert ohne Stahlhelm beim Stahlhelm?! Nie wieder habe ich das Wort gehört.

Ich lese nach in einem Lexikon von 1943 :

„Stahlhelm: Bund der Frontsoldaten, Vereinigung ehemaliger deutscher Soldaten, die im Weltkrieg an der Front gestanden haben, zur Pflege und Kameradschaft und Wehrhaftigkeit, national eingestellt; 1918 in Magdeburg von Selthe gegründet. Mit der Wiedergewinnung der Wehrhoheit durch Adolf Hitler war 1935 die Aufgabe des Stahlhelms erfüllt.“

M e y e r s N e u e s L e x i k o n von 1963:

„Bund der Frontsoldaten: faschistisch-militaristische Organisation, 1918 in Magdeburg von Offizieren zur Niederschlagung der Revolution gegründet. Der von den Monopolen finanzierte Stahlhelm war in der revolutionären Nachkriegskrise wie auch später an vielen von den Freikorps verübten Verbrechen beteiligt und trägt für viele Überfälle auf Arbeiter die Verantwortung. Der Stahlhelm arbeitete eng mit den Faschisten zusammen (1931 Hamburger Front) und wurde nach der Errichtung der faschistischen Diktatur in die SA übernommen.“

Ja, nun weiß ich eigentlich erst jetzt, warum meine Eltern über den Herrn Deimert entsetzt waren. Ich glaube und hoffe doch und merkte es später auch, dass sie gegen die Nazis waren.

Was ist mir noch in Erinnerung geblieben von den Nazi-Jahren ...

Helga Neumann aus meiner Klasse zum Beispiel, sie wohnte in der Königsberger Str. an der Ecke, wo fast daneben die Turnhalle stand.

Diese Neumanns müssen irgendwie in der Partei gewesen sein, vielleicht „Alte Kämpfer“? Helga war jedenfalls schon in der „JM“ (Jungmädchen). Dunkelblauer Rock, weiße Bluse, schwarzes Halstuch und ein „Lederknoten“ in hellbraun wurde hochgeschoben. Dazu gehörte eine Kletterweste - braun natürlich - das war die Farbe der Nazis. Die Kletterweste (warum eigentlich dieser Name?) war kurz, hatte 4 Taschen und auf dem Ärmel ein schwarz/weißes Dreieck, darunter das verschobene Viereck mit rot/weiß mit dem schwarzen Hakenkreuz. Helga hatte es! Und ich??? Also gebettelt, gebettelt ...!

Endlich bekam ich zu meinem dunkelblauem Faltenrock, zu dem ich eine weiße Matrosenbluse trug und im Winter den hellblauen „krabbligen“ Pullover, eine weiße Polobluse (sie gibt es schon lange wieder). War ich glücklich!!! Gebettelt, daß ich es gleich anziehen darf und noch einmal runter darf! Also: dunkelblauer Faltenrock und weißes Polohemd! Nichts besonderes. Kein Abzeichen, kein „Schlips und Knoten“, aber schnell zu Helga Neumann! Ich sehe mich noch glücklichst draußen rumlaufen! Es mußten doch alle Leute sehen! Aber es sah wohl bloß ich!

Zu dieser Zeit war ich wohl 9 oder 10 Jahre, denn ab 1936 wurde der Eintritt in die Hitlerjugend Pflicht. Eine selbst genähte Kletterweste bekam ich auch, aber sie war nicht ganz echt. So fand ich. Ich glaube, sie bekam ich erst in Metgethen.

Berchtesgarder

Es kamen auch die Berchtesgarder Strickjacken auf. Sie sollten eigentlich auch zur Kluft des JM oder BDM gehören. War aber wohl nicht so. Sie waren schwarz, grün umhäkelt und oben am Hals grün, rot, grün. Eine grüne Kordel am Hals und an der Hüfte. Kleine runde gemusterte Metallknöpfe. Ach, fand ich die schön!!! Sie sahen so herrlich weich und warm aus, so nichtkrabbelnd!!! Ich wünschte mir so sehnlichst so eine Jacke. Alles Flehen umsonst.

Wohl zu teuer. Es hatte sie ja kaum jemand. Nur Isolde Steubner aus meiner Klasse. Ein blasses ruhiges Mädchen. Ihr Vater war „Chef“ vom Gefängnis in Tapiau (die alte ehemalige Ordensburg). Ich war auch viel bei ihr zum Spielen. Das war ja herrlich, in und an den Gemäuern des Gefängnisses spielen zu können. Ja, Isolde hatte so eine Jacke. Ihr war mal ganz heiß im Unterricht und sie schwitzte. Die Lehrerin sagte: „Was hast du denn unter der Jacke? Zieh sie doch aus.“ Und sie zog sie aus. Und was war darunter? Eine hellblaue Berchtesgarder Jacke!!! Und darunter? Noch eine!!! Ich glaube in rot. 3 Jacken!!! Mußten die reich sein! Sonst hatte damals niemand weiter solche Jacken in der Klasse. - Also ich bettelte bzw. wünschte mir sehnlichst eine „Berchtesgarder“.

Es starb eine 2 Jahre ältere Cousine Christel von mir in Königsberg an Nasendiphterie und meine Mutter mußte zur Beerdigung. Sie kaufte sich einen schwarzen Pullover.
Daraus arbeitete sie mir später eine falsche Berchtesgarder. Sie behäkelte sie mit grün und rot, war wirklich schön, aber eben keine echte! Später, zu Weihnachten dann bekam ich doch eine! Das Glück war riesengroß. Ich hatte ein Jahr vorher ein Samtkleid (mittelblau) bekommen. Über dieses Kleid zog ich die Jacke am 1. oder 2. Feiertag und ging vor´s Haus. Es sah mich aber niemand. Flick´s waren ein paar Häuser weiter gezogen und ein paar Häuser weiter wohnten auch Ballhaus´. Ich also heimlich (ich nehme an, daß die Eltern ein Mittagsschläfchen hielten, nach dem guten Gänsebraten) zu Flick´s. Im blauen Samtkleid und schwarzer Strickjacke mit grün und rot. Vielleicht war der Tag nicht so grimmig kalt, wie sonst bei uns im kalten Winter in Ostpreußen. Flick´s wollten aber gerade in die Kirche, sie waren katholisch. Ich wollte mit, aber Frau Flick meinte, da dürfte ich nicht mit hinein. Ich zottelte mit Flick´s mit bis hinter den Markt. Kurz vor der Deime-Brücke stand links die katholische Kirche. Also wollte ich warten, bis die Kirche „aus“ war und besah mir die Spielsachen in einem Schaufenster. Natürlich war mir kalt und kälter und ich ging in meinem „Kostüm“ ganz erfroren nach Hause. Ob mich wohl jemand mit meiner neuen Jacke bewundert hat?

Auch mit dem wunderschönen Samtkleid gab es eine lustige Begebenheit.
Meine Mutti nähte für mich und meine Puppen die schönsten Sachen. Sie häckelte und bestickte gern. So bekamen meine großen Puppen Lottchen und Gisela tolle weiße Kleider und noch bestickt. Sie hatten dazu Mäntel, sogar gefüttert und für den Winter warme gehäkelte, schicke Kleider. So nähte sie auch das Samtkleid für mich zu Weihnachten. Das Anprobieren dauerte aber etwas länger und auch öfter als bei einer Schneiderin. Ich bekam dauernd ausgeschimpft, weil ich nicht ruhig stand. Aber das Schlimmste war, dass meine Mutter angeblich das Kleid für Evi Flick nähte. Frau Flick nähte das gleiche Samtkleid in rot für Evi und sagte zu ihr, es wäre für mich.
Die Muttis erzählten sich ihre Erlebnisse gegenseitig und amüsierten sich. Es kam der heilige Abend und das Kleid war noch bei uns oben. Meine Mutter tat immer verwundert, dass keiner das Kleid holte. Sie meinte, sie bringt es noch runter. Ich mußte nun im geheizten Schlafzimmer auf den Weihnachtsmann warten. Endlich durfte ich ins Zimmer!
Die Lichter am großen Tannenbaum brannten und am Bücherschrank hing auf einem Kleiderbügel das Samtkleid. Na, was sollte das?
Auf dem runden Tisch waren für jeden bunte Teller und Geschenke. Ich hatte eine Flasche „Kölnisch Wasser“, die ich meiner Mutter zugeordnet hatte und fand, dass ich dieses Mal wenig bekommen hätte. Ich weiß nicht, ob ich mich so sehr über das Samtkleid freute. Es war wohl durch die vielen Anproben keine Überraschung mehr.

Noch einen großen Wunsch hatte ich: Bundschuhe!!! Es waren Jungenhalbschuhe. Sie waren wie ein richtiger Halbschuh zum Schnüren und darüber war eine Lasche, die die „Schnürerei“ verdeckte. Die Lasche wurde mit einem schmalen Riemchen festgemacht.
Eben echte „Bundschuhe“, wie sie nur Jungen hatten. Sie waren ausgestellt im Schaufenster eines kleinen Schuhladens in der Alt-

straße. Hier blieb ich jedesmal stehen, wenn ich vorbei mußte und sah sie sehnsüchtig an. Ja ich betete sogar zum lieben Gott, dass ich sie bekäme. Damit mein Beten niemand sah, faltete ich die Hände auf dem Rücken.
Der liebe Gott erhörte mich nicht. Erst 1950 konnte ich sie mir kaufen, aber nur in schwarz. Damals gab es nach dem Krieg noch kein großes Angebot.

Auch kann ich nur ganz wenig über die Juden-Progrome berichten. 1937 zogen wir von Tapiau fort und ich besinne mich auf die Ruth Simoni, die eine Klasse höher ging und plötzlich nicht mehr in die Schule durfte. Warum? Mir damals unverständlich.

Mein Vater schimpfte wohl mal über die Juden, aber vorher habe ich nie etwas davon gehört. Es gab wohl in der Altstraße (die Straße vom Bäcker Ballhaus zum Markt) auf der linken Seite ein Textilgeschäft Wien (der Besitzer hieß Wien), in dem man plötzlich nicht mehr kaufen sollte.

Was machte meine Mutter? Das lang erwünschte Strickkleid wurde nun endlich gekauft und nun g e r a d e bei dem Juden. Meinem ängstlichen Vater war das natürlich wieder peinlich. Oder hatte er Angst, dass es seine Kollegen erfahren?

Die Progrom-Nacht erlebte ich nicht, da in Königsberg-Metgethen keine Läden von Juden waren. In Königsberg - genau gegenüber der Börse - in der Vorstädtischen Landgasse 77, wohnte Tante Anna, die ältere Schwester meiner Mutter. Sie wohnte in der Vereinsbank ganz oben. Im ersten Stock waren Büroräume von Rechtsanwälten. Im zweiten Stock wohnte der Frauenarzt Dr. Oppenheim, ein Jude. Na und?

Dr. Oppenheim war blond und seine Tochter Hanni auch. Sie war so alt wie ich. Seine Frau war eine dunkle, hübsche elegante Frau und Tochter Susi hatte dunkle Locken wie ihre Mutter. Hier durfte ich in dem großen Kinderzimmer mit Eva auch spielen gehen. Aber auch er war eines Tages „abgereist“. Es hieß damals, wer von den Juden Geld hat, kann es sich eben leisten, das Land zu verlassen.

Mein Vater las täglich die Zeitung und glaubte wohl das, was in der Zeitung stand. Meine Mutter war wohl ein reiner Verstands- und Gemütsmensch. Sie hegte keinen Groll gegen die Juden. Warum auch?

Bruder Eckhard

Jetzt hätte ich beinahe etwas ganz Wichtiges vergessen. Die Geburt meines Bruders Eckhard Joachim am 14. September 1935. Wie habe ich mir doch ein Brüderchen gewünscht! Es gab ja viele Störche bei uns in Ostpreußen und so rief ich bei jeder Gelegenheit: „Storch, Storch lieber Guter, bring mir einen Bruder." Aber er hörte mich nicht.

Nun, im Haus und auf der Straße waren auch keine Kinderwagen zu sehen und einen schönen weißen Puppenwagen hatte ich ja. Ich hatte die Hoffnung wohl schon aufgegeben.

Im Sommer 1935 wurde meine Mutti immer dicker und ich fand es schlimm: „Mutti, iß nur nicht so viel, wie du aussiehst!". Es schmekkte meiner Mutti aber wohl so gut, so sagte sie und ich glaubte es. Meine Mutter litt etwas unter Krampfadern an einem Bein und sie meinte nur, dass sie nach Königsberg fahren würde und sich im Krankenhaus die Krampfadern operieren lassen würde. Verständlich! Jetzt eben beim Schreiben fällt mir ein, dass ich es bis heute glaubte. Die Krampfadern waren dann jedenfalls weg und damit war der Fall für mich erledigt.

Sonntag Vormittag mußte ich wieder - wie immer - in den Kindergottesdienst. Ich war ja nun 9 Jahre und ging allein. Vorher sagte mein Vater mir: „Du hast ein Brüderchen! Es heißt Joachim!" Unfaßbar! Ob ich mir über das „woher" Gedanken machte, weiß ich nicht mehr. Ein Brüderchen!!!

Glücklich zog ich los und endlich lief mir eine Schulkameradin kurz vor der „Ballhaus-Ecke" über den Weg. Natürlich mußte ich meine große Neuigkeit loswerden und erzählte ihr voller Stolz, daß ich ein Brüderchen habe. Diese Elfriede, Tochter eines Schneiders, klärte mich auf. „Das Brüderchen war im Bauch deiner Mutti." Was???

Kann nicht sein!!! „Glaub´s nur, ich habe große Brüder, die verheiratet sind, ich weiß es ganz genau. Die Kinder sind in den Bäuchen ihrer Frauen gewachsen." Ich war sprachlos. Sehe dieses „Aufklärungsmädchen" noch genau vor mir: braune Augen, Mittelscheitel, dunkle Haare und Zöpfe!

Wie ich den Kindergottesdienst überstand, weiß ich nicht. Mittags klingelte Herr Deimert, der freundliche Elektromeister - der unter uns wohnte und ein Auto hatte - und fragte, ob mein Vater nach Königsberg mitfahren und seine Frau besuchen möchte, es müsse sowieso nach Königsberg fahren. Mein Vater, dieser eingeklemmte Typ, sagte: „Nein!"
Vielleicht wollte Herr Deimert auch nur meinem Vater eine Freude machen und hatte gar nichts in Königsberg zu tun?

Herr Deimert fragte dann, ob ich mitfahren dürfte! Ich durfte!!! Eine riesengroße Freude! Mit dem Auto nach Königsberg!!! Ins Krankenhaus! Mutti besuchen und Brüderchen ansehen! Was muß das für eine Freude gewesen sein!

Ich besinne mich nur, dass mich Deimert´s „absetzten", ich die Tür zu dem 2-Bett-Zimmer öffnete und meine Mutter an der Fensterseite liegen sah. Ich soll laut und deutlich gerufen haben: „Mutti, war das Brüderchen in deinem Bauch drin?" Meine Mutter sagte mir, dass sie sich so geschämt hätte!

Ich mußte ja nun sehen, wo ich überhaupt war. Das Fenster war auf, dicke Mauern, gegenüber auch Krankenhäuser, aber ich sah nicht die Straße. Also sprang ich etwas hoch, um vom Fenster aus die Straße zu sehen. Meine Mutter: „Ursel!" Sie hatte gedacht, ich würde herausfallen. Sie hätte sich schnell hoch gesetzt!
Oh, was war das vor über 60 Jahren noch für ein Erlebnis! Ja, nun hatte ich einen Bruder.
Als Mutti mit Brüderchen nach Hause kam, stand im Eßzimmer

ein großer Blumenstrauß und ich malte einen Willkommensschild, dass ich unter die Blumen stellte. Ich weiß noch, daß ich darauf JOACHIM schrieb. Aber er sollte dann Eckhard Joachim heißen. Mir egal, Hauptsache ein Brüderchen!

Das war ja nun ein kleines Weltwunder! Ich weiß noch, hellbrauner Kinderwagen und das Verdeck war innen mit hellgrünem Voile (Woal gesprochen) Stoff ausgeschlagen und dazu aus dem gleichen Stoff ein kleines Kopfkissen und Decke mit Rüsche - das mußte bei jedem Baby neu sein! Mädchen hatten rosa, Jungen blau und hellgrün, war wohl neutral und hatte nicht jeder. Paßte auch farblich gut zu dem Kinderwagen, die ja damals noch tief waren und „Riemchenfederung“ hatten.

Nun bildete ich mir wohl ein, täglich auf dem Bürgersteig vorm Haus mit dem Kinderwagen stolzieren zu können! Nichts gab es!!! Ich hätte ja den Wagen umkippen können! So wurde ich jedenfalls abgewiesen. Den Wagen konnte man gar nicht umkippen, so tief war er. Mein Brüderchen, es war ja so klein, stand bei schönem Wetter hinten auf dem Hof. Jetzt verständlich!

Doch was geschah eines Tages? Ich komme aus der Schule und Evi Flick stolziert mit meinem Kinderwagen auf dem Bürgersteig! Ich hatte vielleicht eine Wut. Die hat ihn bestimmt einfach vom Hof weggenommen! Frechheit! Also hoch, geklingelt: „die Evi hat... „Nein, ich habe es erlaubt!“ sagte meine doch so diplomatische Mutter.

Aufsatz

Als ich dann in der Mittelschule war, also mit 10 Jahren, sollten wir Weihnachten einen Aufsatz schreiben. Thema und Überschrift konnten wir selbst bestimmen. Wir konnten ihn in der Unterrichtsstunde beginnen und zu Hause beenden. Also, welches Thema nahmen nun alle? Weihnachten! Ich auch. Ich sehe mich noch im Herrenzimmer am Schreibtisch sitzen und natürlich: „Mutti, was soll ich schreiben? Wie beginne ich... ?“ Mir paßte nichts. Meine Mutter sagte dann: „Nimm doch ein anderes Thema!“ Ja, aber was für eins? Mutti „Mein Brüderchen“. Ja, aber wie beginnen? Mutti wollte helfen, aber nichts gefiel mir. Ich schrieb einfach alleine! Und welche große Freude!!! Ich hatte den besten Aufsatz!!! Von da an hatte ich wohl mehr Selbstvertrauen und kann mich nicht mehr an diese Angst vor Aufsätzen erinnern.

Kindergeburtstage

Herrlich waren immer die Kindergeburtstage. Einmal, weil man ja selbst einen herrlichen Kindergeburtstag hatte und zum anderen, weil man ja auch eingeladen wurde. Besonders besinne ich mich auf den Geburtstag von Erika Ballhaus, der Bäckerstochter. Dafür gab es mehrere Gründe: Einmal war es Sommer und wir konnten im Garten spielen. Interessant war wohl auch, dass man „von der anderen Seite“ in den Laden gucken konnte. Das war besonders reizvoll. Die Backstube und eben: Der Blick von der anderen Seite des Ladens.
Auch gab es zum Kaffee Kuchensorten so ganz nach meinem Geschmack und nicht bloß die obligatorische mir zu süß schmeckende Buttercremetorte, die alle wohl meine Mutti selbst gebacken hat. Furchtbar, wenn mir die Mütter die zweite Sorte Buttercremetorte aufzwängten und mir dann nach 1 bis anderthalb Stücken schlecht wurde. Das war bei Ballhaus nicht. Hier konnte man auch mal Kuchen essen, den Mutti nie kaufte. Aus dem Laden konnte man sich Kuchen selbst aussuchen. Das war zu schön!!!

Einmal gab es ein Kirschenpaar als Begrüßung zum Anstecken. Vielleicht war noch etwas dabei. Jedenfalls hatte ich sie auch „angeheftet“ bekommen. Stürzte natürlich gleich in den Garten auf die freie Turnstange und zerdrückte mir die Kirschen auf das weiße bestickte Voilekleid. Wurde gleich nach Hause geschickt, damit es Mutti auswusch. Hatte ich eine Angst! War mir doch ein Jahr vorher ein schreckliches Mißgeschick passiert: Mutti stickte

gern und hatte mir ein weißes Voilekleid - ist ein dünner tüllartiger Stoff - mit bunten Blümchen voll ausgestickt. Das heißt, der Rand unten und ein großer Kragen mit Rüschen, der bis auf die Schultern ging, hatte auch diese zarten Blümchen. Ich zog es Sonntag Vormittag an, damit ich dann in die Sonntagsschule fein angezogen gehen konnte. Durfte aber noch für ein Weilchen auf den Hof. Hier hatte Götz Kraul die Klopfstange mit Teer beschmiert.
Er lockte mich dorthin und ich lehnte mich an die Klopfstange, sogar von vorne! Oh, Schreck, alles voller Teer!
Götz lachte sein hämisches Lächeln! Ich hoch! Meine Mutter weinte! Sie probierte alles, es blieben gelbe Flecken. Sie schenkte das Kleid unserer Butterfrau, zum unter die Schürze ziehen für ihre Tochter. Ich bekam das gleiche Kleid, aber die Blümchen waren diesmal nicht voll ausgestickt.

Ich besinne mich auch noch auf den Geburtstag von Ruth Friemer, die in den Lehrerhäusern wohnte. Auch sie muß im Sommer Geburtstag gehabt haben. Ganz herrlich waren die Geburtstage von Lilo Keiwitz, die oben in dem großen schönen 1922 gebauten Rathaus wohnten.
Der Vater arbeitete im Magistrat. Hier konnte man und durfte man auf dem Boden mit den vielen „Nebenräumen" Versteck spielen. In irgend so einem Nebenraum standen schon die belegten Brötchen für das Abendbrot und Lilo - sie aß wohl gerne - verführte mich auch zum Wegnehmen eines halben Brötchens. Hier sah ich und aß zum ersten Mal Gehacktes auf den Brötchen. Das gab`s zu Hause nie! Mein Vater war sehr gesundheitsbewußt und aß auch nicht alles.

Später zog Fam. Keiwitz in ein eigenes älteres Haus mit einem herrlichen Obstgarten an der Pregelwiese. Ganz herrlich und romantisch empfand ich das. In dem längeren einstöckigen Haus allein darin zu wohnen, das mußte herrlich sein. Der herrliche Garten mit großen Obstbäumen und langsam abfallend zu den Deime- und Pregelwiesen und an den Pregelwiesen eine Steinmauer. Ich glaube, ich besuchte Lilo später noch einmal, als ich mal bei Frau Godan war.

Und meine Geburtstage

Und mein Geburtstag: Mitten im Januar! War das kalt! Meist stand bis dahin der Weihnachtsbaum und die Kerzen wurden das letzte Mal angezündet. Mir zu Ehren!
Die Geschenke der Gäste waren klein: 1 Buch, Schokolade, 1 kleine Schachtel Pralinen und ähnliches. Einmal bekam ich ein ganz kleines Kristallväschen mit einem Ästchen vom „Fleißigen Lieschen“ von Käthe Deimert. Darüber freute ich mich sehr und wenn ich so ein kleines Kristallväschen sehe, denke ich daran. Dieses kleine Geburtstagsgeschenk werde ich nie vergessen. Meine Mutter buk einen großen Tortenboden, aus dem sie selbst zwei Buttercremetorten machte. Eine weiße und eine mit Schokolade. Natürlich kam die Geburtstagszahl in die Mitte. Einmal - besinne ich mich - machte sie als Zwischennascherei Pudding mit „gehackter“ Götterspeise. Eine Tasse wurde dazu mit Vanilienpudding gefüllt, dann kalt auf einen Teller umgestülpt mit grüner „gehackter“ Götterspeise. Irgendwie war noch der Vanillienpudding garniert, es sollte etwas darstellen, weiß aber nicht mehr was. Ich glaube, einen Frosch. Jedes Kind bekam ein Tellerchen, liebevoll angerichtet.

Überraschung

Einmal machte mein Vater eine kleine Überraschung. Ich wußte davon und konnte es gar nicht erwarten. Das Eßzimmer war eingeheizt, hier spielten wir. Ich drehte dann, rein zufällig, das Radio an und mein Vater sprach vom Herrenzimmer aus in alte Kopfhörer seinen Text, der dann im Radio zu hören war.

Etwa so: Der Sender Königsberg gratuliert Ursula Kudling zu ihrem 10. Geburtstag und wünscht eine schöne Geburtstagsfeier. Er begrüßte namentlich die Gäste.

Ich war vielleicht stolz auf meinen Vater und das „Wunder“. Man bedenke: ohne Band, ohne Mikrofon, ohne Kassette! Heute würde kein Kind mehr staunen.

Meine erste „Damenarmbanduhr“

Nach 4 Jahren Grundschule kam man dann - wenn man die 10,00 M Schulgeld bezahlen konnte - in die Mittelschule. Hier war die Klassenstärke geringer und Jungen und Mädchen waren in einer Klasse. Besinne mich aber auf keinen Jungen. Auch nicht auf die Lehrer, auf meine Leistungen oder auf irgendeine „Story“. Eine freudige „Story“ machte ich mir selber:

Ich bekam von meiner 5 Jahre älteren Cousine Eva eine kaputte kleine Damenarmbanduhr. Die Feder war kaputt, sollte ca. 5,00 M Reparatur kosten, war unnötig, denn Evchen bekam zur Konfirmation eine goldene. Ich bekam die kaputte Uhr. War ich stolz! Eine richtige kleine Armbanduhr, wie Erika Ballhaus, die neben mir saß. Wer wußte denn schon, daß sie nicht ging? Voller Stolz ging ich damit in die Schule (1. Jahr Mittelschule). Heimlich wurde zu Erika Ballhaus geguckt (sie hatte eine Uhr) und immer nachgestellt, damit niemand merkte, dass sie gar nicht geht. Sicher habe ich an diesen Tagen besonders gut mitgearbeitet im Unterricht. Ich saß auf der ersten Bank neben Erika Ballhaus. Rechts daneben - Gang dazwischen - saßen die Jungen. Einer fragte mich öfter, wie spät es wäre. Na, ja ich war ja in der Zeit auf dem Laufenden. Dank Erika Ballhaus Uhr!

Mit Käthe Deimert, die im gleichen Haus wohnte und in die gleiche Klasse ging, kam ich nicht so richtig klar. Sie war wohl ruhiger und spielte nicht so gern draußen wie ich. Ich besinne mich wenig auf sie. Ich sehe sie nur noch mal hinter der Gardine stehen (sie hatten vorn das Schlafzimmer) und an den zwei mittelsten Fingern lutschen. Ihre Wohnung war kleiner als unsere, denn unten rechts ging eine große Toreinfahrt (mit großen geschlossenen Türen) unter unserem Eß- und Schlafzimmer auf den Hof. Ich sehe sie auch noch hinfallen, als ich sie beim Nachhausegehen im Schulhaus die Treppe hinunter schupste. Sie ging mir wohl zu langsam. Sie stürzte! Das wollte ich natürlich nicht. Frau Deimert klingelte auch „postwendend“ bei uns und ich bekam Stubenarrest.

Hannelore Conradi war auch eine Freundin in Tapiau, die aber früher als wir nach Königsberg zogen. Ihr Vater war auch bei der Post, etwas „höher“ als mein Vater und die Eltern verkehrten zusammen. Sie wohnten in Stolzruh im ehemaligen kleinen Herrenhaus in der 1. Etage. Sie hatten 3 Kinder. Eine Ursel (paar Jahre älter), die Hannelore und eine Dorle, die paar Jahre jünger war.

Dort - bei Conradi´s - konnte man herrlich spielen. Scheunen, große weite Wiesen - ein Kinderparadies und nicht eingesperrt, wie auf dem Hof in der Königsberger Staße. Sie hatten große Wilhelm-Busch-Alben, die ich so gerne dort las und ansah. Das war mein heimlicher Kinderwunsch - den ich aber erst an meinen Kindern verwirklichen konnte.

Im Haus „Villa Maria“ wohnten auch Kaslik ganz oben. Auch Herr Kaslik war bei der Post und Frau Kaslik tat immer sehr vornehm, auch die Kinder Edeltraud und Gitti. Edeltraud war älter als ich und schon ein Fräulein, Gitti war jünger als ich.

Auch sie zogen vor uns nach Königsberg und wohnten in der Tiergartenstraße. Meine Eltern besuchten sie ab und an.
Frau Kaslik war die Schwester von Frau Neumann und irgendwie klappte es nicht zwischen den beiden Frauen. Weder, weil Neumanns bei den Nazis waren oder war Herr Neumann nicht „standesgemäß“ oder hatten sie zu viele Kinder? Ich weiß es nicht.

Umzug nach Metgethen

Zu Ostern 1937 war der große Umzug nach Metgethen. Meine Eltern schwärmten sehr von diesem schönen waldreichen Vorort

von Königsberg. Mein Vater war Postsekretär geworden und in Metgethen war eine Stelle frei geworden als „Amtsvorsteher". Ich besinne mich leider auf keine Umzugshektik, sehe auch keine gepackten Kisten und Kartons vor mit, weiß nur von dem Warten auf den Umzugswagen.
Meine Eltern waren entsetzt, als ein Lastauto mit einem Möbelwagen als Anhänger vorfuhr, der ein bißchen mal was von einem Brand abbekommen haben muß. Sie schämten sich und ich somit auch. Den Wagen sehe ich noch stehen. Dann fehlt jede weitere Vorstellung. Scheinbar war ich zu aufgeregt, den es ging nach Königsberg, in dem ich geboren war, wo die Großeltern Kudling in Ratshof, die Oma Kriegsmann in Juditten, Tante Anna mit Onkel Andreas und Cousine Eva gegenüber der Börse wohnten.

Also ging es eigentlich zurück in die Geburtsstadt, die mir nicht unbekannt war. In den Sommerferien war ich oft bei Oma Kriegsmann in Juditten und Tante Anna im Stadtinneren.
Scheinbar war die Freude auf das neu zu Erwartende doch größer als der Abschied. Ich weiß nicht einmal genau, wie ich in der neuen Heimat ankam. Der neue Postmeister und seine Familie wurden sicher mit Neugier erwartet.

Ich besinne mich aber auf die herrlich leeren großen Räume, denn leer erscheinen sie einem ja sowieso größer. Überall mit dunkelbraunen Linoleum ausgelegt, die Tapeten dunkel. Aber es sollte noch alles tapeziert werden.
Die erste Handlung, auf die ich mich besinne, war die Erkundung nach einem Bäcker, um „Gründonnerstagskrümel" zu kaufen. Die „sehe" ich noch vor mir, aber alles andere fehlt.
Sicher war die Inspektion des Hauses, des Hofes und des Gartens und das Betreuen des kleinen Bruders Eckhard (er war gerade 1 einhalb Jahre alt) das Wichtigste. Sicher hieß es oft: Ursel hol doch mal.... Ursel, wo ist denn ...?
Deshalb fehlt mir auch die große Aktion des Tapezierens. Ich besinne mich nur, dass unter die Tapeten Zeitungspapier geklebt wurde. Ein Osterfest war das bestimmt nicht wie sonst.

Neue Schule

Nach den Osterferien kam ich ja in die neue Schule und in die Quinta. Es war eine Oberschule für Jungen. In den Klassen waren aber Jungen und Mädchen gemischt.
Das Schulgeld betrug jetzt 20,00 Mark.
Jetzt begann ein Problem. In Tapiau hatte ich in der Sexta englisch und ich kam in eine Klasse, die schon ein Jahr französisch hatte. Also: Nachhilfestunden. Ich weiß gar nicht, wie ich die erste Woche überstand. Jedenfalls hatte ich keinen „Durchblick". Ich weiß auch nicht mehr, wie lange ich mich mit dem mir unbekannten französisch quälte.
Wohl doch einige Monate, denn ich hatte bei einer Frau Wiechmann, die ein neues Haus an der Badeanstalt gebaut hatten und aus Breslau kamen und eine gute Bekannte von Mutti wurde, Nachhilfestunden.
Natürlich kam ich nicht nach, denn in der Quinta wurde ja weiter gelernt. Und so ein ehrgeiziger und fleißiger Typ war ich gewiss nicht. Der Familienrat tagte mit Tante Erika, Tante Anna usw. Ich hörte, dass es wohl besser wäre, noch einmal neu zu beginnen, zumal in der Sexta mit englisch begonnen worden war.
Sicher tat meinem sparsamen Vater das Schulgeld leid, dass für mich „umsonst" gezahlt worden war.

Ich weiß noch, dass schönes Wetter war (vielleicht war auch Ostern 1937 oder später) und ich mit einem großen grünen Ball an der Hauswand auf dem Hof spielte. Nebenan war der Hintereingang von der Raiffeisenbank mit einem langen gepflasterten Gang, an dem die Hausbewohner, die Mieter also, ihre Gartenstückchen hatten. Und neben unserem Hof, das erste Stück links, da sah und hörte ich Kinder erzählen, lachen und im Garten arbeiten. 2 Mädchen und 1 Junge. Ich sah sie durch die dichte Fichtenhecke, sie sahen mich sicher nicht.
„Wenn ich doch auch bald Freundinnen, Spielgefährten hätte!" So werden wohl meine Gedanken gewesen sein.

Freundinnen

Aber bald kam vom Postbeamtenhaus die Frau des Leitungsaufsehers Blacker mit ihrer Christa an der Hand auf den Hof und „brachte“ mir eine Spielgefährtin. Wir haben viel in diesem Sommer mit den Puppen bei uns im Garten gespielt. Zum „Kinderkriegen“ gingen wir auf die Postdamentoilette, zogen uns die Schlüpfer runter und „gebaren“ die kleinen Babypuppen. Christa Blacker ging in die Volkshochschule und so trennten sich bald unsere Wege.

Die Mädchen, die ich im Nebengarten sah, waren Gisela (7 Jahre) und Erika (11 Jahre) Mellwien. Mit Erika ging ich in die gleiche Klasse, hatte den gleichen Schulweg und, sie war auch so geplagt wie ich, sie mußt ihre kleine Schwester Brigitte-Gitti genannt, auch ausfahren.
Der Junge im Nebengarten hatte ein kleines Fahrrad (ein Fahrrad war mein größter Wunsch) und gehörte nicht zu den Mellwiens, wie ich anfangs dachte.
Wenn er am Postamt vorbei fuhr oder mich irgendwo traf, dann rief er immer: „Postmeistersche“ Dann quatschte er mich und Christa Blacker an und kam, um mit uns zu spielen. Das fanden wir zwei Mädchen ganz nett und waren stolz auf „unseren“ Freund.

Bernhard Glowan

„Unser“ Freund hieß Bernhard Glowan und wohnte gegenüber dem Bahnhof in einem großen Haus mit Geschäften. Vielleicht waren es auch mehrere Häuser zusammengebaut. Glowan´s wohnten ganz oben und von seinem Balkon auf der Rückseite des Hauses aus konnte Bernhard mich im Garten oder Hof sehen. Er konnte durch die Finger oder Zähne pfeifen und mich somit „rufen“. Ich quiekte dann mein „iii“ zurück.
Sein Vater war dann an Herzschlag gestorben und Frau Glowan

war mit 3 Kindern alleine. Sie hatte ein großes Grundstück mit Sommerhaus und dahinter ein großes Auto, einen „Sechssitzer“. Eva Glowan ging bei uns vorbei und mußte Kaninchen füttern. Wenn sie mich sah, sagte sie: „Gehst du mit? Wie gerne! Der Sechssitzer! Herrlich! Man fühlt sich als „Fastbesitzer“.
Bernhard war ein richtiger Kumpel und wir waren viel zusammen. Einmal hatte ich „Stubenarrest“ und mußte Klopapier schneiden und auffädeln und Alpacca-Löffel putzen mit dem „dämlichen“ Sidol. Das stank so scharf.
Es klingelte. Bernhard. „Kommt die Ursel raus ?“ Nein, sie hat Stubenarrest, sie muß Löffel putzen!
Bernhard: „Darf ich helfen?“ Das fand ich voll nett. Aber nein, meine gestrenge Mutter erlaubte es nicht.

Er kam dann nach Oberstdorf im Allgäu zur Kur und wollte uns schreiben. Wessen Freund war er? Christa´s Freund oder meiner? Wir bekamen beide Post am gleichen Tag aus Oberstdorf und jede glaubte wohl, die andere hätte keinen Brief bekommen .
Also wir die Briefe verglichen. Beide eine Seite voll, aber bei mir stand die Unterschrift „Dein Bernhard“ und bei Christa nur „Bernhard“.
Na, ob ich wohl stolz war! Und das Geheimnis war gelüftet. Als ein neues Schuljahr begann (ich glaube, Bernhard fuhr mit dem Triebwagen in die Stadt in die Schule) feixten mich die Kinder auf dem Schulhof an und viele sagten: „Du wirst eine Überraschung erleben.“ Ja. Was sollte das wohl sein? Und extra für mich? Ich kam in die Klasse, großes „Hallo“ und wer saß da? Bernhard!!! Wir wurden anfangs tüchtig gehänselt, aber das gab sich ja dann wieder.
Ja, nun hatte ich Christa Blacker, Erika und Gisela Mellwien und Bernhard Glowan, die in meiner Nähe wohnten und mit denen ich meine Zeit „vertrieb“.
Die Freundschaft mit Christa Blacker schlief allmählich ein. Ihr Vater war Leitungsaufseher und fuhr, um die Schäden am Telefon zu beseitigen, mit einem „Zweisitzer“ über´s Land.

Unter unserer Küche war das Selbstwähleramt, in dem auch Herr Blacker Störungen beseitigte. Wenn er nicht da war und es war eine Störung, dann klingelte es und ich mußte in die Wohnung, in´s Postbeamtenhaus gehen und „melden“.
Später wurde diese Anlage wohl auch in seine Wohnung gelegt.
Nach vielen Betteln durften wir auch ab und an mit dem Auto mitfahren. Herr Blacker sagte immer, es wäre verboten. Sicher war es das auch.
Interessant war, wenn wir mal in den Raum mit hinein durften.
Nur mit großen Filzpantoffeln, das war ja extra noch schön. Auch „hüpften“ die Geräte so, wenn gesprochen wurde. Auch ließ er uns mal kurz in das Gespräch mit hinein hören, damit wir auch glaubten, dass gesprochen wurde.
Noch eine nette Erinnerung, die mir auch später durch meine Freundin Schulli (Brunhilde Schulze) bestätigt wurde. Sie wohnte nach der Flucht in Wilhelmshafen und wir besuchten uns gegenseitig in Wilhelmshafen und Zwönitz.

Sobald ich „sturmfreie Bude“ hatte, also die Eltern beide nicht zu Hause waren - sicher waren sie in der Stadt - dann wurden Freundinnen eingeladen. Jedesmal wurde telefoniert, denn vom Postanschluß kostete es ja gar nichts.
Natürlich wurden nur lustige Gespräche geführt. Jetzt würde man es Telefon-Terror nennen.
Es wurden beliebig Telefonnummern ausgewählt und Liebesbeteurungen, Liebesaushorchungsgespräche geführt, Verabredungen und vieles mehr ausgeheckt.. Zu zweit hatten wir genug Einfälle.
„Hier ist … liebst du mich ..
Liebst du die …. Liebst du den …
Wie findest du …..“
Doch eigentlich sehr harmlos. Oft verständigten sich dann die Klassenkameraden am nächsten Tag, was wir heimlich beobachteten. Und oft hieß es: die Kudling.

Oma Kriegsmann und immer Ärger mit Bruder Eckhard

Oma Kriegsmann, die eine „kleine“ Beamtenwitwe war, hatte in Juditten bei Bekannten ein Zimmer gemietet. Als diese Leute auszogen, zog Oma zu uns. Da über unserer Wohnung noch ein Zimmer frei war, zog Oma dort ein. Im Hausflur hatte sie ihre Küche und ein kleines Schränkchen, auf dem sie auf Elektroplatten kochte. Gegenüber ihrer Zimmertür ging es durch eine Tür auf den großen Wäscheboden mit mehreren abgeteilten Räumen (leer) in noch zwei große Zimmer. Dort stellte unsere Oma ihre Kleider- und andere Schränke gleich zu Beginn des Bodens auf. Sie hatte viel Platz.

Ich mußte immer auf Eckhard aufpassen. Zu meinem Glück nahm sie ihn mir ab und an ab und ich konnte in Ruhe spielen. Auch strickte sie mir meine Söckchen, die wir in der Handarbeitsstunde stricken mußten. I C H bekam eine zwei (es ging bis zur sechs) dafür. Aber gelernt habe ich trotzdem Söckchen zu stricken, denn in der Handarbeitsstunde mußte ich ja auch etwas tun. Auch mußte die Ferse ja schließlich so - wie gelernt - gestrickt werden. Oma strickte natürlich gleichmäßiger als ich.

Sehr belastend empfand ich im Sommer das Aufpassen auf Eckhard. In den Sportwagen gesetzt und ausgefahren, manchmal habe ich ihn auf dem Hof spielen lassen - aber da mußte ich tüchtig aufpassen, denn er riss ständig aus.

Unser Posthof hatte drei Gartentüren mit daneben zwei Ausfahrten für die Autos und Postwagen. Das Hoftor zum Postamtseingang für die „Postamts-Besucher“ stand ja ständig auf, so dass ich es auch oft zumachen mußte. Wie oft rief Mutti aus dem Fenster „Ursel, Wo ist denn Eckhard?“

Sextanerlein

In der Sexta hatten wir einen Klassenlehrer, der Dr. Gerhard Stern hieß. Er war so ganz mein „Fall“. In lustiger Weise lernten wir und

liebten ihn - so glaube ich - alle!!!
In mein Poesiealbum schrieb er:

Ihr seid meine lieben Sextanerlein,
die Arbeit und Freude machen.
Ihr sollt immer lustig und fröhlich sein
und mit mir lernen und lachen

Dein Klassenvater
Dr. Gerhard Stern

Ja, und so war er auch. Dazu fiel mir Englisch auch sehr leicht, verständlich, denn ich festigte ja nur mein bisheriges Wissen und Können. So diktierte er die Sätze zum Beispiel

„Bill, steck den Finger in das Tintenfaß" in englisch und merkte gleich, wer aufgepasst hatte.
Da er viel in dieser Art lehrte, was mir gefiel, passte ich besonders gut auf. Ich wurde sogar „auserkoren" ein Jahr das Klassenbuch zu führen. Auch erwählte mich die Klasse zum Schreiben eines „Hochzeitsglückwunsches" - Gedichte glaube ich. Die Schrift muß wohl gar nicht so schlecht gewesen sein.
Daß ich ein Jahr älter war, fiel gar nicht auf. Ich war schmächtig und nicht groß. Außerdem schickten zur damaligen Zeit die Eltern die Kinder erst 1-2 Jahre später zur Ober- oder Mittelschule. Das interessierte damals niemanden.

Metgethen war ein herrlicher Villen - Vorort von Königsberg, alles im Grünen, meist Kiefern- und Fichtenwälder. Die Sommer waren hier - wie überall in Ostpreußen - sehr heiß. Also ging´s viel in die Badeanstalt. Ich bekam das Geld, um beim Bademeister Schwimmunterricht zu nehmen. Das schönste dabei war, dass man sich einen „Korkring" um die Brust binden konnte und somit nicht unterging. Also: Rein in´s Tiefe! Ich bekam oft Verweise, mußte die Schwimmhilfe abgeben und mich im Flachen tummeln. Das Schwimmen lernte ich daher erst ein Jahr später.

Winter

Aber nun die Winter! Natürlich sehr kalt und viel Schnee! Aber keine Schlittschuhlauffläche mehr. Das fehlte mir sehr. Sind doch die herrlichen Deimewiesen mir heute noch unvergesslich. Aber dafür gab es eine herrlich warme Wohnung. Im Postamt war Zentralheizung und das Haus somit von oben nach unten warm. Also: kein krabbeligen Pullover mehr! Natürlich mußte man sich für draußen sehr warm anziehen. Hier in Metgethen wohnten viele reiche Leute und so hatten hier mehr Kinder Skier als damals in Tapiau. Mädchen zwar weniger.

Nun lag ich meinen Eltern in den Ohren und wünschte mir Skier. Ich bekam sie auch, aber erst zum zweiten Weihnachtsfest dort. Ich hatte keine Freundinnen, die Skier besaßen. Also alleine los! Im Buchenwäldchen hinter der Gartenstadt waren „Berge“. Oder besser gesagt, es ging auf dem Weg nach den Gärten bergauf. Man landete zwar im Graben, mußte etwas Slalom durch die Bäume fahren und bekam durch die Bodenwellen Standsicherheit. Hier wurde trainiert, erst neben der „Hauptspur“ und dann, als ich es konnte, ließ ich mich auf der Hauptspur zwischen den Jungen auch „bewundern“. Einmal probierte ich mit Marion das Schlittschuhlaufen auf der glatt gefahrenen Straße, das war hier so üblich. Aber das war eine Quälerei, wenn man auf glatten, großen Eisflächen „groß geworden“ war.

Kindergottesdienst

In den Kindergottesdienst mußte ich- wie in Tapiau - jeden Sonntag gehen. Keiner von meinen Freundinnen ging oder mußte gar.
Wenn ich fragte: „Gehst du mit?“, hatte ich nur ab und an Glück, meist trottete ich alleine hin.
Vorher wurde ich schon Sonntagsgemäß angezogen. Aber ja nicht schmutzig machen, denn ich mußte ja in die Kirche. Oft trafen sich die Kinder auf unserem Posthof zum Spielen zusammen und dann rief Mutti „Ursel, du mußt gehen!“ Na, fein!!

In der Gruppe traf ich mit Erika Kallasch zusammen, die gleichaltrig war, nach Königsberg mit dem Triebwagen in die Schule fuhr und neben der Kirche wohnte. Ihr Vater war Oberst und sie hatte noch 2 viel ältere Brüder. Ihre Mutter war keine hübsche Frau und kleidete sich sehr eigenartig (altmodisch, nicht zusammenpassend). Sie war eine „von“ und sicher war die Ehe irgendwie standesgemäß „zusammengeschustert“ worden. Sie waren aber sehr nette und liebe Menschen.

Ich beeilte mich immer auf dem Nachhauseweg, denn Punkt 12 Uhr gab es Mittag und wenn ich zu spät kam, hatte mein pünktlicher „Beamtenvater“ schon mit dem Mittag begonnen und ich hatte mich eben "rumgetrieben". Und ich hätte doch zu gerne mit meinen Eltern zusammen gegessen, denn in der Woche bekam ich mein Mittagessen meist in einem Emailleteller „serviert“, da ja ganz selten die Schule schon um 11.30 Uhr beendet war und mein Vater Mittagspause von 12 - 15 Uhr hatte. Am meisten kränkte mich, dass mir nicht geglaubt wurde.

Was hatten wir „Kindergottesdienstkinder“ für Ärger, wenn nach dem Gottesdienst nicht gleich der Kindergottesdienst begann und noch „Abendmahl“ dazwischen war. Ich dachte dann gleich wieder „Hätte ich länger spielen können“ oder „Wieder Mittag auf dem Blechteller!“ UND „Wo hast du dich wieder rumgetrieben?“ Sicher gab es da oft Tränen, denn nichts haßte ich so, als ungerecht behandelt zu werden. Aber ungerecht behandelt wurde ich von meinem Vater oft. Sehr oft! Ich sollte eben ein Junge werden, und war nur eine „Pischkachel“. Als dann Eckhard da war, war für meinen Vater wieder alles in Ordnung.

Eckhard

Eckhard machte alles richtig, war ein „Wunderkind“, alles wurde bestaunt und er würde sowieso alles mal besser machen als ich!!! „Laß Eckhard erst mal so alt sein....“, das klingt mir noch heute in den Ohren. Mein Vater war wohl kein guter Pädagoge und Psychologe!!! Meine Mutter war streng, aber liebevoll und gerecht!! Wie oft hörte ich: „Aber Bruno..“

Ich empfand sehr oft, dass ich von meinem Vater ungerecht behandelt wurde. Eckhard konnte sich „Sachen“ leisten, über die gelacht und voller Stolz erzählt wurde, aber bei mir war alles „falsch“. Das machte die Liebe zu meinem Bruder nicht größer! Nichts ist so schlimm, als wenn die Kinder nicht gleich geliebt und behandelt werden.
Eine Erinnerung ist mir besonders haften geblieben: Ich fuhr nach Königsberg in die Schule und kam vom Zug. Ich mußte über eine Bahnbrücke gehen und unten stand mein Bruder mit seinem „Holländer“ und holte mich ab. Es war zwar nicht weit nach Hause, aber trotzdem neu, dass er empfangsbereit dastand. So empfing er mich mit den Worten „Komm du mal nach Hause, dann bekommst du aber mit der Klopfpeitsche!“ Erstens war es mir peinlich und zweitens: warum?
Eckhard stellte seinen Holländer beim Privateingang ab, ging mit mir nun die Treppe hoch, ich klingelte: „Nun schlag sie!“ Meine Mutter erzählte mir dann ohne Beisein des Bruders, dass sie selbst nicht im Moment gewußt hätte, wofür. Aber ihr fiel es ein.
Am Morgen, nach meinem Gang zum Bahnhof, als sie die Wohnung in Ordnung brachte, kam sie auch in mein Zimmer und sah die Kleiderschranktüre offen (eine Schwäche von mir) und sagte ärgerlich: „Wenn sie aus der Schule kommt, dann muß sie mal Haue bekommen, damit sie es sich endlich merkt ...“

So ähnlich müssen wohl ihre Worte gelautet haben. Diese Worte konnte sich Eckhard viele Stunden merken!!! Zu wie vielen Zügen muß er wohl zum Bahnhof „geholländert“ sein?

Ein anderes Beispiel:
Alltags aßen wir zu Mittag in der riesengroßen Küche. Hier stand ein großer Tisch in der Mitte und es wurde mit weißem Tischtuch und Servietten „getafelt“. Meine Eltern saßen je an den breiten Seiten und Eckhard und ich an den Schmalseiten gegenüber. Ich

Bruder Eckhard

weiß nicht, warum meine Eltern eher fertig waren und aufstanden. Bei mir wurde immer auf „richtige“ Eßmanieren geachtet und immer gemeckert. Ich fand, dass bei Eckhard das nicht der Fall war. Mutti also aus der Küche raus. Eckhard provokatorisch den Löffel „verkehrt“ angefasst und sah mich frech an. Ich natürlich darauf reingefallen. „Faß den Löffel richtig an!“ Er gerade nicht! Ich drohte ihm wohl irgendwie, tat ihm aber nichts und er brüllte! Mutti kam, griff zur Klopfpeitsche und ich raus. Ich rannte in mein Zimmer und schloß zu. Das war noch nie passiert. „Machst du auf! Wirst du wohl aufmachen!“ Ich hatte so ein dünnes Kleid an und „spürte“ schon die Riemen der Klopfpeitsche. Was machen?
Mein Vater schimpfte mit. Eckhard freute sich sicher! Ich griff zu meinem Bademantel, der an einem Haken in der Ecke neben der Tür hing, zog ihn über und schloß auf.
Erstaunte Gesichter. „Das Kleid ist so dünn. Immer werde ich bestraft wegen Eckhard!“ Die Kloppe war aber nur zum Schein. Meine Mutter gestand mir später, dass sie hätte lachen müssen, wie sie mich so mit dem Bademantel sah.

Na, auf keinen Fall mußte Eckhard mit 5 Jahren in den Kindergottesdienst! Wieder eine Ungerechtigkeit!

Eckhard bekam auch einen Roller! Auch noch einen „echten“. Ich glaube, einen Naether mit gelbroten Rädern. Auch der Holländer war eine Extra-Ausgabe!! Ich passte ja leider nicht mehr darauf. Schade!

Ich besinne mich, dass in Tapiau auch die Lehrerkinder vom Mittelschullehrer Kalisch, zwei Häuser weiter nach der Bäckerei Ballhaus hin, so einen Flitzer hatten. Die ließen mich damals fahren und so kannte ich das „Fahrgefühl“. Da war er aber schon etwas älter und ich brauchte nicht mehr auf ihn aufzupassen und wurde nicht mehr für ihn ausgeschimpft.
Ja, er hatte ja noch zusätzlich meinen großen Bär und den Handwagen. Er hatte es besser, wie immer, so dachte ich wohl! Er konnte den Handwagen an den Holländer hängen und hatte ein richtiges, besseres „Gespann“.

So zog er dann singend um das Postamt mit dem Lied auf den Lippen:

„Weiß ich den Weg auch nicht, du weißt ihn wohl ....“

Ein Kirchenlied, dass er von Tante Anna, die später kurze Zeit bei uns wohnte, gehört hatte.

Konfirmandenzeit

Konfirmiert wurde ich mit 15 Jahren. Das war so üblich, Volksschüler (8.Klassen) wurden verständlicherweise mit 14 Jahren konfirmiert und die Ober- und Mittelschüler hatten noch Zeit. Wenn mein Vater damals nicht mein Konfirmandenbild auf der Flucht mitgenommen hätte, würde ich mich bestimmt weniger an meine Gäste erinnern.

Konfirmandenunterricht hatten wir 2 Jahre lang vorher. Der war eigentlich immer recht lustig, denn es waren mehrere Gruppen, so dass nur wenige in dem Konfirmandensaal saßen, auf der einen Seite die Jungen, auf der anderen die Mädchen.
Eigentlich hielt den Unterricht Pfarrer Dr. Salopiata ab. Einige Wochen hatten wir bei dem jungen Vikar (angehender Pfarrer) Ulrich. Und er war der Verlobte meiner Cousine Eva. Also wir kannten uns gut. Ich gab bei ihm meine „Extravorstellung“. Ich knallte die Bibel öfter - in die Stille hinein - zu. Ich saß ziemlich hinten und es sah ja niemand. Aber aus welcher Ecke es kam, hörte man ja. Meine diplomatische Mutter ahnte es wohl und stellte wieder eine Falle auf, in die ich glatt hereinfiel.
Warum ich bei Hans immer auffallen müsse und was ich getan hätte? Ich dachte, Hans hätte gepetzt und erzählte wahrheitsgetreu.

Beim nächsten Konfirmandenunterricht mußte ich mich entschuldigen gehen. Mein Herz klopfte tüchtig und als alle Kinder draußen waren, ging ich vor und entschuldigte mich. Und was sagte der Vikar? „Wofür willst du dich entschuldigen? Du bist mir nicht aufgefallen.“ So ein Mist! Wieder auf meine Mutter reingefallen.

Mein weißes Kleid zur Konfirmation (bei uns ging man in weiß) hatte nun doch nicht Tante Anna genäht, denn sie und Eva hätte ich doch so gerne dabei gehabt. Sicher hat es Tante Lena (Vatis Schwester) genäht, denn sie ist auf dem Bild meiner Konfirmation zu sehen. Sie konnte ich gar nicht leiden, auch wohl niemand in der Familie. Sie spielt auch in meinen Erinnerungen keine Rolle.

Ablauf der Konfirmation:

Zu zweit mußte man vor den Altar treten. Wir Konfirmanden saßen auf der vordersten Reihe in der Kirche. Natürlich hatten wir uns verabredet, einen großen Schluck Wein aus dem Kelch zu trinken. Aber der Kelch ging im wahrsten Sinne des Wortes fast „spurlos" an uns vorüber. Man hatte nur die Lippen benetzt und schon reichte geschickt Pfarrer Dr. Salopiata den Kelch dem nächsten Konfirmanden. Die trockene Oblate, die den Leib Jesus darstellen sollte, klebte im Mund.
Wir waren alle enttäuscht, wie wir später feststellten. Ich ging mit meiner Erika Kallasch gemeinsam nach vorn. Meine Mutter fand, wir hätten mit unseren Mozartzöpfen sehr vornehm ausgesehen und anders als fast alle, die mit einer ersten Dauerwelle erschienen.
Zu Hause gab es dann ein fürstliches Mittagessen und viele Gäste waren erschienen. Der Tisch im Eßzimmer war groß ausgezogen und feierlich gedeckt.
Sicher bekam ich auch schöne Geschenke. Doch waren sie doch alle bescheiden, wenn man sie mit heute vergleicht.
Die Jugend zog sich dann zurück und ich besinne mich, dass wir heimlich in der Bibel lasen und kicherten. Da war meine Freundin Marion M., Hannelore Conradi (die Eltern waren auch als Gäste dabei), mein Cousin Klaus Kriegsmann und mein Cousin Günther Kudling.
Dann gab es noch ganz kleines „Gemüse". Das war mein Bruder Eckhard, Cousin Eberhard Kudling und Heini und Doris Kriegsmann.

Zur Erinnerung an die Konfirmation

Phot. A. Kühlewindt, Königsberg i. Pr.

Ursula Rudling

geboren den 17. Januar 1926 ist nach empfangenem Unterricht im Worte Gottes in der **Waldkirche Metgethen** konfirmiert worden.

Metgethen, den 6. April 1941 Sabopiata, Pfr.

Konfirmationsurkunde

Aufnahmen von der Konfirmation

Von meiner Tante Bertel aus Rosenberg, die mit Günther und Eberhard angereist war, bekam ich ein silbernes Armband mit 3 Aquamarinsteinen. Ich durfte es nur an Sonn- und Feiertagen tragen. Ich war eigentlich kein großer Fan von Schmuck.

Wenn es das Familienfoto von meiner Konfirmation nicht geben würde, was mein Vater bei der Flucht gerettet hatte, würde ich mich auch nicht an die Gäste erinnern.
„Sehe“ uns nur in der Loggia sitzen und beim letzten Tageslicht die Bibel lesen. Es mußte ja bei Kriegsbeginn abends verdunkelt werden und an dem großen Fenster gab es dort keine Verdunklung, als auch kein Licht mehr.

Tante Anna

Tante Anna wohnte gegenüber der Börse „in der Stadt“. Ihre Ehe muß wohl nicht glücklich gewesen sein, aber das interessierte mich nicht.
Habe nicht zugehört, wenn sich Mutti und Tante Anna unterhielten. Jedenfalls lag wohl eine Scheidung in der „Luft“, denn meine Mutti schrieb für Tante Anna fleißig auf der Schreibmaschine.
Tante Anna war öfter mit Eva bei uns und natürlich auch bei ihrer Mutter, unserer Oma.
Einen Sonntag kam sie mit Eva und mit Gepäck zu uns, denn sie war „ausgerissen“ von ihrem Mann. Sie schliefen bei uns. Jetzt weiß ich nicht mehr genau, ob sie wieder zurück gingen.

Tante Anna, Ostern 1945, kurz vor der Flucht

Foto oben: Die Börse 2001. Sabine vor der Börse
Foto unten: Die Börse

Oma

Jedensfalls klingelte unsere Milchfrau bei uns eines Sonntags und sagte zu Mutti, dass jemand jammert im Haus, scheinbar oben. Mutti hoch, Tante Anna wohl auch.
Oma hatte ihren zweiten Schlaganfall und lag auf dem Fußboden. Sehr schlimm! Oma kam zu Bewußtsein, war aber gelähmt und ihre Sprache sehr unverständlich. Aber ich verstand sie und so war ich ein stolzer „Dolmetscher". Sie wurde auch „getestet", dass weiß ich noch genau. Ich fragte nach den Farben meines Kleides und sie wusste es. Natürlich hoffte ich auf Genesung. Den Tod konnte ich mir nicht vorstellen. Die letzten Tage vor Omas Tod waren schwer. Sie war ohne Bewußtsein, aber ihre Atmung war stark hörbar wie ein Röcheln, so dass eine Erlösung eine Gnade war. Oma war tot.

Mein erstes schreckliches Erlebnis. Ich ging öfters ins Herrenzimmer und kroch unter den Schreibtisch und weinte. Stolz war ich natürlich, dass ich ein schwarzes Kleid bekam und Cousine Eva das Gleiche. Tante Anna hatte sie auf die Schnelle genäht.
Ich besinne mich noch, dass meine praktische Mutter meinte, dass man es mit farbigem Gürtel und Kragen dann weiter tragen könnte. Ich besinne mich aber nicht auf das „umgestaltete" Kleid. Sicher ging ich wohl auch stolz damit in die Schule. Schwarze Strümpfe hatte ich bestimmt nicht. Nach Omas Tod wohnten Tante Anna und Eva noch eine kurze Zeit bei uns.
Die Möbel waren wohl irgendwo untergestellt, da sie ja eine Wohnung suchte. Oma wurde in Juditten neben ihrem Mann auf dem neuen Friedhof beerdigt. Ein gemeinsamer Stein mit dem Namen, jetzt nun zwei Gräber mit gleicher Einfassung, einer Buchsbaumhecke und der „Eingang" mit 2 Säulen und einer großen Kette. Das Grab war genau in der Ecke des Friedhofes, sehr schön gelegen. Daneben eine große Eiche.

Als ich 1991 mit Hilde Kullweit (meiner Kindergottesdienst-Beschützerin von Tapiau) nach Königsberg und Tapiau flog, fand ich die Grabstätte sofort wieder. Der schmale Weg vom Hintereingang des Friedhofes ist eine „fast"-Straße geworden, die genau über die Gräber meiner Großeltern geht. An der Eiche zu erkennen. Der „Rest-Friedhof" ist „Schrebergarten!". Aber davon später.

Tante Anna und Eva zogen nun in Omas Zimmer und hatten ja auch die Nebengelasse. Irgendwie ging es wohl dann doch nicht gut. Die Toilette, das Bad, die Küche zum Backen mußten sie ja auch nutzen.

Mein Vater war wohl am wenigsten froh, denn er zeigte nicht die Begeisterung für den langen „Besuch". Tante Anna fuhr auswärts nähen (sie war Schneiderin) und war oft nicht zu Hause. Ich besinne mich noch, wenn die zwei Schwestern zusammen gebacken haben, wohl auch zu besonderen Anlässen - dann alberten sie und sprachen „platt". Das hatte ich sonst nie von ihnen gehört. Das war ja interessant! Sprachen meine Eltern doch nie platt, auch die Großeltern nicht. Ich wurde sogar verbessert, wenn ich zu oft ostpreußische Wörter, die vielleicht „platter" Herkunft waren, benutzte. Aber eines weiß ich genau: Tante Anna wurde nicht Anna genannt, sonder Annche. Das klingt wie: Antje. Das „che" oder „chen" wurde so oft es ging in Ostpreußen an die Substantive gehängt (M a n n c h e - U r s e l c h e n usw.)

Mutti und Onkel Walter sagten zu ihrem Bruder Fritz (Friedrich Wilhelm), der bedeutend älter war, aber jung starb und im Nebenraum aufgebahrt war.

„Fritzche, willst en E i?" (ej)

Mein Vater mochte wohl Tante Anna nicht so richtig, ich weiß nicht warum. Er „stänkerte" würde ich jetzt sagen, hinter „ihrem Rücken". Jedenfalls ist es sowieso nicht gut, wenn Verwandtschaft lange zusammen wohnt. Es gab ernsthaft Krach. Tante Anna und mein Vater wüßten sicher heute noch den Grund! Ich bekomme es nicht in die Reihe.
Es wurde sich nicht angeguckt, nicht geredet und ich durfte sie auch „nicht kennen!" Das war aber nicht Muttis Art.
War wohl doch irgendwie beleidigend! Mir ist so, als wenn ich der

„Auslöser“ war. Aber sicher nur der Tropfen auf dem heißen Stein. Ich könnte Eva fragen, aber was soll´s? Ich litt jedenfalls sehr darunter. Hatte ich doch Tante Anna und Eva gern.
Und nun durfte ich sie nicht kennen!
Sie bekamen später eine Wohnung im Birkenweg in Metgethen, war ja auch normal.

Ich fuhr nach Königsberg mit dem Triebwagen zur Schule und öfters stand meine Eva auch auf dem Bahnsteig. Wir mußten aneinander vorbei sehen. Fragte doch manchmal eine Freundin „Ist das nicht deine Cousine?“ Peinlich.

Es kam meine Konfirmation und ich hoffte zu diesem Anlass auf ein wieder vertragen. NICHTS!
Da hielt ich es nicht länger aus und half nach. Meine Mutti hat es sicher auch sehr bedrückt. Der Zufall half!
Ich wurde nach Juditten geschickt, um auf dem Juditter Friedhof die Gräber der Großeltern zu „begießen“. Ich hatte eine Monatskarte, der Bahnhof war gleich nebenan und vom Juditter Bahnhof zum Friedhof war es auch nicht weit. Züge fuhren genug.
O, weh, wer stand auf dem Bahnhof am Nachmittag in Metgethen? Tante Anna! Böse Vorahnung! Fährt sie etwa auch auf den Friedhof? Wir sind uns dort nie begegnet. Sie stieg tatsächlich in Juditten aus! Ja, sie ging den Berg zum Friedhof hinauf. Mir wurde schlecht. Was tun? Sie ging zum Friedhof. Ich trottete im Abstand hinterher. Und nun? Sie fing an zu „arbeiten“. Und ich? Mir klopfte das Herz! Ich konnte und kann das sinnlose „Eingeschnappstsein“ nie leiden. Tante Anna war auch aufgeregt, wie sie mir sagte: „Also, wollen wir uns nicht wieder vertragen?“ Umarmung mit Tante Anna und Tränen. Wir waren „erlöst“. Ich war die gefeierte Person, aber das wollte ich eigentlich gar nicht. Das Leben half meinen Wunsch wahr zu machen! Ich mag es auch heute noch nicht, wenn innerhalb meiner Familie Unstimmigkeiten sind. Die müssen gleich bereinigt werden.

Mein Mann und meine Kinder kannten es nicht anders. Ein paar Stunden war zwar manchmal „Ruhe“, aber dann wurde wieder gesprochen, spätestens am nächsten Tag.

ehem. neuer Friedhof
...der Friedhof an der Juditter Kirche war belegt. Es mußte ein weiterer Friedhof geschaffen werden...
Hier an dieser Stelle war er. Ich habe hier die Gräber der Großeltern Kriegsmann „begossen“...
Sabine Nebel 08/2001

Mein Fahrrad

Herrlich, wenn mal Onkel Walter mit einem Damenfahrrad nach Metgethen kam. Ich war glücklich, denn er sagte nie nein, wenn ich fragte: „Onkel Walter, darf ich Fahrrad fahren?“ Auf den Sattel reichte ich nicht, also „kajolte“ ich im „Stehen“ kreuz und quer durch Metgethen, in der Hoffnung, es sehen mich viele. Natürlich wünschte ich mir ein eigenes Fahrrad.
Mit Vati´s Fahrrad zu fahren, war nicht einfach. Es war ein hohes Herrenfahrrad. Ich kletterte immer von der Postrampe aus auf das Fahrrad, denn die Stange störte. Sattel ganz raus und ein Stuhlkissen auf die Stange gebunden. Das Absteigen war wieder ein Problem! Ich sparte nun fleißig und bettelte weiter. Mit 13 Jahren wurde dann das Fahrrad bestellt aus einem Katalog, 36,00 Mark! Aber vorher mußte ich den großen Garten jäten. Natürlich habe ich fleißig gearbeitet. Nun wurde aber auch viel gefahren, selbst zum Kaufmann - zwei Häuser weiter! Einmal früh, als ich in die Schule wollte, war das Fahrrad aus dem Stall verschwunden. Wo war das Fahrrad? Wer hatte es gestohlen? Es stand über Nacht beim Kaufmann im Fahrradständer - unangeschlossen! Zum Glück hatte es mein Vater nicht gemerkt. Er hätte es bestimmt wieder angeschlossen und für den „Verbrauch“ gesperrt.
Nun konnte ich ab und zu zur Schule und auch zur „Badeanstalt“, wie unser Stadtbad genannt wurde, fahren.

Eine herrliche Zeit mit Marion begann

Ich weiß nicht, in welcher Klasse ich war - Quinta oder Quarta. Wir hatten Turnen in der Aula bei der „Coppy“ - Frl. Coppenhogen. Ein älteres Fräulein, so fanden wir. Geräteturnen, ich glaube Barren. Einer konnte ja nur turnen, es wurde also gequatscht. Alle Schnatterinchen wurden an die Wand gestellt - es wurden immer mehr. Ich stand neben Marion. Sie war auch sehr lebhaft und schwatze gern. So auch hier. Sie erzählte mir, dass sie im Winter in Pension nach Metgethen sollte, da der Weg von Groß Holstein (Schloß an der Pregelmündung) doch zu beschwerlich wäre. Sie sollte eventuell zu Annelie Kraschewski, da möchte sie aber nicht hin. Annelie war ein großes, liebes Mädchen mit großem Busen. Sie fehlte auch jeden Monat 1 - 2 Tage und durfte keine Eier essen. Ihre „Schüsse“ beim Völkerball-Spiel waren gefürchtet. Bei den Lehrern war sie beliebt. Verständlich, das war nicht Marions „Masche“. Sie kam mit der spontanen Frage: „Kann ich nicht zu euch kommen?“ Na, das wäre ja schön, aber bestimmt nicht machbar. „Ich weiß nicht“?!! „Frag doch mal.“ und wir steigerten uns da hinein und malten es uns schon aus. Standen natürlich als Letzte an der Strafwand.

Natürlich erst mal Ablehnung zu Hause. Wieder gebettelt. Wie Marion mir dann bei späteren Besuchen in den 80-ziger Jahren erzählte, war Bedingung: Zudecke, Bettwäsche, Lebensmittel - aber kein Geld. Das war mir egal, das wusste ich auch nicht mehr. Marion wurde am Sonnabend nach der Schule mit dem Pferdeschlitten abgeholt und am Montag früh gebracht. Der Kutscher hatte dann sicher hinterher Lebensmittel (was, weiß ich nicht mehr) abgegeben. Es war auf alle Fälle schon Krieg und alles gab es auf Lebensmittelkarten. Aber das kümmerte mich wenig, ich war kein starker Esser. Außerdem störte das Essen beim Spielen.

Nun begann eigentlich eine herrliche Zeit für mich! Marion hatte Skier, Schlittschuhe, war lebhaft, steckte auch voller Ideen und Dummheiten. Die 5 einhalb Tage waren nie langweilig. Kälte und Schnee hatten wir genug. Sonnabends durfte ich auch ab und zu mit nach Groß Holstein. Wir hängten dann uns mit Skier an den Pferdeschlitten. Marion meinte, wir hätten uns auch einmal geschlagen, aber ich besinne mich nicht.

Die Sommer waren auch wunderbar. Wir hatten sehr kalte Winter und heiße Sommer. Es ist klar, dass wir im, am und um´s Schloß, an der Pregelmündung zum Frischen Haff und Seekanal (der Königsberg mit dem Vorhafen Pillau verband) und später auf dem Haff eine große Freiheit hatten. In der Schule verabredeten wir uns und im Sommer in der Schulzeit telefonierten wir.

Marion wollte Zirkusreiterin werden. Sie ritt gerne, also bekam ich auch ein Pferd von ihr, wenn ich dort war. Wir ritten zur Tränke und auch nur so. Natürlich war ich keine gute Reiterin. Zu gerne kutschierte ich aber. Wie froh war ich, wenn Marion jemand in Juditten oder Ratshof abholen mußte. Sie zeigte mir, wie man die Zügel hält und ich durfte viel kutschieren, meist mit der zweirädrigen „Gick".

In Groß-Holstein konnten wir am Pregel und in der Kiesgrube baden, konnten paddeln, konnten mir den Dorfkindern Indianer spielen, Fußball oder andere Spiele.
Später auch rudern (die Schule hatte ein Bootshaus) und segeln mit meinem Cousin Klaus K. Also, woran fehlte es noch? Es war eine unbeschwerte und herrliche Zeit!

Oft war ich auch über Nacht in Groß-Holstein, Prof. Dr. Kurt Munier war ein ruhiger Mann, den man nur in seinem Studierstübchen arbeiten sah. Ein extra kleines Zimmer auf der Südseite, damit es im Winter warm war. Marion´s Mutter war eine nette Frau. Wurde erst mit „Fr. Doktor", später „Fr. Prof." oder zumindest mit „Gnädige Frau" angeredet.

Ich fand das nicht richtig, denn sie hatte ja den Titel nicht, also sprach ich sie ohne Titel an oder gar nicht.
Es war ja auch nur - so denke ich - das Personal, dass sie so ansprach. Marion hatte großzügige Eltern und genoss viel Freiheit. Das war für mich ungewohnt. Pünktlich ertönte der Gong zum Mittag und da hatte man zu erscheinen. Oder die Mutter wusste, wo Marion war. Nun darf man aber nicht denken, dass dort „fürstlich" gespeist wurde.
Ich sehe noch das Speisezimmer mit dem großen runden Tisch und in der Mitte eine große runde Platte, die man drehen konnte. Hier standen die Speisen. Mit Stoffservietten natürlich (aber die hatten wir ja auch täglich zu Hause). Begonnen wurde mit den Damen, dem Hausherrn und eventuell Besuch und wir Kinder bekamen natürlich zuletzt. Dass man nicht aufstehen durfte, bevor die Erwachsenen dies taten, war selbstverständlich.

Ich benahm mich bestimmt nicht daneben, denn meine Mutter hatte mir die Anstandsregeln von klein an beigebracht.

Diese zweite Kinderzeit in Metgethen war wunderbar und unvergessen! Die größten und meisten Erinnerungen sind natürlich die Freundschaft mit Marion. Diese herrliche Freiheit!

Aber pünktlich mußte ich um 18 Uhr oder 18.30 Uhr zu Hause sein. Das war eine Quälerei!!! Natürlich wurde bis zuletzt die Zeit ausgenutzt und erst in letzter Minute nach Hause „gepeest".
Schnell noch an einem Feldrand „Kaninchenfutter rausgerissen". Muniers besaßen wohl 1600 Morgen Land. Vieles wurde mit Gemüse für die Königsberger bebaut. So besinne ich mich noch auf folgendes Experiment: Möhren und Getreide zusammen gesät. Das Korn wurde abgeerntet und jetzt wuchsen die Mohrrüben „dick und fett".

Puderrot und mit „etwas" Verspätung klingelte ich dann an der Wohnungstür mit irgendwelcher Ausrede.

Rauchen

Ich besinne mich auch auf mein „erstes" Rauchen. Marion, Heinz, ein Spielkamerad und ich wollten einmal Rauchen.
Heinz brachte Zigaretten und Hölzer mit. Es wurde eine Zigarette angezündet und wir „rauchten"... hielten die Luft an und beim Ausatmen sagten wir: „und dann kam der Krieg und die Engländer zogen in´s Land..." Es klappte nicht. Ich habe in meinem Leben nicht geraucht.

Schloß Groß Holstein

Ich wusste damals nichts über das Schloß Groß Holstein. Es hatte mich damals nicht interessiert, ich hatte ja meine Marion!

Marion schrieb später einmal, ich glaube in einem Wehlauer Heimatbrief - den Artikel habe ich heute noch:

„Das Schloß ging in seiner ursprünglichen Gestalt auf Kurfürst Friedrich III. (später König Friedrich der I.) zurück. Er ließ es von Georg H. Kranichfeld als Schloß „Friedrichshof“ von 1693 - 1696 errichten. 1719 schenkte Friedrich der II., der Soldatenkönig, dieses Schloß nebst Fischerhäusern seinem Vetter, dem Herzog Friedrich Wilhelm von Holstein Beck. (1687 in Potsdam geb. und 1749 in Königsberg gest.) Herzog Friedrich Wilhelm baute das Schloß um und nannte es Groß Holstein. 1765 wurde es verkauft, Zuletzt war es im Besitz der Familie Prof. Kurt Munier. Das Schloß hatte, wenn auch stark beschädigt, den 2. Weltkrieg überstanden!“

In einem späteren Zeitungsartikel las ich:

„Am 09.04.1945 nahmen sowjetische Truppen das Gut ein. Das Ehepaar Munier, das nicht geflohen war, wurde auf Grund des Einsatzes russischer Gefangene nicht erschossen. Doch in den folgenden Monaten durchlitten Kurt und Margarethe Munier die sowjetische Besatzung in verschiedenen GPU-Lagern, teilweise getrennt. Viele Verwandte der Familie kamen in dieser Zeit um. Am 24.12.1945 starb Kurt Munier in Königsberg und seine Frau wurde im Mai 1947 ausgewiesen.
Schloß Holstein wurde 1945 durch die sowjetische Verwaltung zu einem Institut der Königsberger Universität umgebaut, dabei verlor das Schloß all seinen Schmuck: - die großen Rundbogenfenster wurden zugemauert, - die Säulen abgeschlagen, - das Treppenhaus herausgerissen und an dem linken Flügel ein neues Treppenhaus angesetzt, - das Dach wurde niedriger gelegt, - die Schornsteine abgebrochen.
Erhalten aber sind die mächtigen Gewölbe des Kellers, in denen einst Friedrich III. seine Jagdgelage abgehalten haben soll.“

Als ich im August 2001 mit meinem Mann, meiner Tochter und Enkeltochter und meinem Sohn mit Frau nach Königsberg und auf die Kurische Nehrung gefahren bin, ihnen „meine“ Heimat gezeigt habe, waren wir auch in Groß Holstein. Es bot sich uns wieder ein trauriger Anblick des ehemaligen stolzen Schlosses Groß Holstein.

Auf der großen Wiese hinter dem Schloß fanden wir das einfache Holzkreuz, welches Marion in Gedenken an ihre Eltern aufgestellt hatte. Es stand auf dem Holzkreuz:

„In Gedanken der in der Heimat gebliebenen Toten"

Marion schickte mir später, kurz vor ihrem Tod am 29.08.2002 ein komplettes Material über das Schloß mit Lageplan, Fotos von damals im Inneren des Schlosses.

September 1939

Am 01. September 1939 verkündete man den Krieg mit Polen. Welches Kind in dem Alter kümmert sich um Politik? Fernsehen gab es nicht, Radio hörten nur die Eltern, Zeitungen las man ja als Kind auch nicht.
Es herrschte natürlich Angst, denn Polen war ja nicht weit weg von Ostpreußen.
Mein Vater diskutierte sicher und dieser Blitzkrieg (3 Wochen) wurde ja sehr „gelobt". Die Polen wären ja sowieso faul, würden nicht arbeiten, wären natürlich noch frech und hätten ja „angeblich" den Sender Gleiwitz angegriffen. Man „glaubte" es und war froh, dass der Krieg so schnell zu Ende war.
Von der Judenverschleppung, der ganzen Tyrannei erfuhr man ja erst 1945.

Gern schnitt ich aus, klebte ein, gestaltete ich mit Zeitungsbildern- und ausschnitten ein dickes Diarium vom Krieg in Polen. Auf große Lobreden in der Schule und beim J M (Jung-Mädchen) besinne ich mich nicht.

Erste Liebe

Ich war 13 Jahre alt - also noch ein Kind - was interessierte mich die Politik? Ich besinne mich auf nichts Negatives. Die Kinderzeit ging unbeschert weitere. „Verliebt“ war ich auch! Wann es begann, weiß ich nicht.
Heini Poesky in meiner Klasse hatte immer „Blickkontakt“ mit mir. Ich dann auch. Wir „himmelten“ uns an und „liebten“ uns, ohne je miteinander gesprochen zu haben. So etwas merkt man eben!!

Heini habe ich meine Liebe bewiesen, als ich ihn einmal mit der Nadel während des Unterrichts (Musik in der Aula) in den Popo stach. Er sprang hoch und schrie „Au“. Lehrer: „Was ist?“ „Da hat mich was gestochen.“ Also nicht verraten, war wohl wieder ein „Liebesbeweis“.
Er bewies mir mal im Winter seine Liebe! Wir mußten auch im kalten Winter auf dem Schulhof in der Pause. Eine lange vereiste Rutschbahn war entstanden. Wir Mädchen rutschten von der einen Seite und die Jungen ärgerten uns, indem sie - nachdem wir schon auf der Bahn waren - von der anderen Seite kamen und wir dann zusammen hinfielen!
Ja, Heini liebte mich immer noch! Er rutschte nur dann, wenn ich meinen Start vollzogen hatte! Wenn das nicht Liebe war? Heini war Lehrersohn aus Moditten (lag zwischen Juditten und Metgethen ohne Bahn - oder Straßenbahnanschluß). Er war klein und „niedlich“ ruhig, schüchtern und wusste nicht viel im Unterricht. Er war schon einmal sitzen geblieben - aber das störte damals niemanden. Sein Vater hätte ihn 1 oder 2 Jahre später sowieso umschulen müssen. Also - um „Anschluß“ an ihn zu haben, ließ ich mich auch gerne „zurückfallen“ bei den Zensuren. Meine Eltern waren über mein Zeugnis wohl doch nicht erfreut, denn jetzt wurden die „Zügel“ straffer gezogen.
Es klappte wieder, aber „mein Heini“ fuhr mit dem Zug in die Stadt in die Mittelschule. Es gab ja in Königsberg so viele Schulen! Meine Sehnsucht war wohl so groß, dass ich beschloss, meine Eltern zu überzeugen, dass ich gerne Fahrschüler werden möchte.

Das gab´s aber nicht. Kamen ja wieder 5 - 6 RM (Reichsmark) dazu für die Monatskarte. Aber die Oberschule für Jungen in Metgethen ging nicht bis zum Abitur. Man mußte die letzten Jahre sowieso nach Königsberg, um irgendeinen Abschluss zu bekommen. Also wieder gebettelt .
Einige fuhren ja schon ab Quarte, Untertertia mit dem Zug, meist Triebwagen. Um meinem Heini die Liebe zu beweisen, kam ich dann auf die Idee, in eine Mittelschule zu „gehen".
Aber nicht in die Nähe des Hauptbahnhofes, wo er war, sondern am Nordbahnhof. Sonst wäre es ja aufgefallen... War ich so verliebt? Ich weiß es nicht! Es gelang mir jedenfalls, zur Tragheimer Mittelschule zu gehen. Das war harte „Arbeit", die viel Überzeugung brauchte.

Meine Mutter sagte, dass es die größte Enttäuschung ihres Lebens wäre! Was mag ich bloß immer für Gründe angegeben haben? Meinen Vater überzeugte ich damit, dass das Schulgeld 10 RM billiger wäre. Ich war glücklich, denn ich konnte mit Freundinnen „Fahrschüler" sein!! Meinen Heini sah ich selten, denn er fuhr zum Hauptbahnhof und ich zum Nordbahnhof. Das waren andere Züge. Aber in meine Mittelschule ging niemand.

Aber das interessierte auch niemanden. Ein Jahr ging ich also „alleine" in die Mittelschule und hatte wieder viele nette Freundinnen. Und als das neue Schuljahr begann, kamen Marion und Hanna Schweibe auch in die Tragheimer Mittelschule.

Ich glaube, da war auch etwas mit unserer Freundschaft vorher nicht so ganz in Ordnung. Vielleicht - oder auch sicher - war das auch der Grund, Fahrschüler zu werden.

Es begann wieder eine herrliche Zeit! Wir „gründeten" unser „Clübchen". Meine schon gefundenen Freundinnen und Marion und Hanna. Marion wurde dann bald die „Hauptfigur". Auch lebhaft, fröhlich und lustig und natürlich aus dem Schloß! Und den Lehrern merkte man auch an, dass Marion etwas „Besseres" war. Sie war ja schließlich die Tochter des Prof. Dr. Munier und wohnte im Schloß Groß Holstein.

Marion war einfach gekleidet, nichts war auffällig an ihr, sie war „kumpelhaft". Unsere Freundschaft blühte wieder, denn wir wohnten am nächsten zusammen, hatten beide Telefon und konnten schnell einen Treff verabreden. Zu unserem „Clübchen" gehörte auch Hanna Schweibe aus Fischhausen (kurz vor Pillau), der Vater war Bürgermeister dort.
Doris Neundorf wohnte in der Nähe des Nordbahnhofes und es wurde erzählt, sie wohnen in einer „Kellerwohnung". Es war jedenfalls nie jemand bei ihr. Sie war, wie wir alle lebhaft und war die beste Sportlerin. Sie war wohl von ganz Ostpreußen (Gau) in ihrer Altersklasse die beste Schlagballwerferin und eine sehr gute Handballspielerin.
Dann kam unsere Christel Zunder, die mit ihrer jüngeren Schwester in unsere Schule ging. Sie hatten beide lange dicke Zöpfe und gingen oft gleich angezogen. Bewundernd waren die schönen einfallsreich gestrickten Pullover. Einen Bruder Johannes gab es auch noch und der Vater war Prediger.
Hier war ich auch einige Male: eine liebe, nette Familie.

Wenn ich zum Bahnhof Holländerbaum ging, der die Verbindung zwischen Haupt- und Nordbahnhof ist, dann ging ich dort fast vorbei. Und „last not least" ist unsere „schöne" Helga. Helga Hartich war hübsch, ein richtiges Mädchen, etwas damenhaft und - so fanden wir - feige und nicht sehr klug.
In Mathe muß ich wohl die Beste gewesen sein, denn in der Abschlußzeitung zum Schulende stand, dass ich ein Mathe-As gewesen wäre. Das war ich wohl auch, denn Mathe war außer Zeichnen mein Lieblingsfach.

Dieser Helga mußte ich immer einen Spickzettel bei Mathe-Arbeiten schicken. Sie rieb vor Aufregung und Angst vor der Arbeit die Hände und war ganz rot im Gesicht. Was sollte man tun? Also schnell noch zwischendurch den Spickzettel geschrieben.

Mir fällt gleich noch ein Erlebnis von der Mathe-Stunde ein! Aber vorher muß ich noch auf meinen 1 Jahr älteren Cousin Klaus K. „zurückgreifen".

Klaus K.

Klaus war der einzige Sohn von Muttis ältesten Bruder Gustav, der Kapitän der Handelsmarine war. Tante Erika, seine Frau, war wohl die Tochter eines Generaldirektors in Königsberg und tat sehr vornehm. Hier bekam ich immer „extra-Anweisungen" von Mutti, wenn ich dort war. Klaus war aber „normal" und zu mir wie ein großer Bruder, den ich mir immer gewünscht habe.
Mit dem Fahrrad waren wir ja schnell beieinander und so war Klaus oft bei uns. Es waren herrliche Jahre mit dem netten großen Bruder. Jedenfalls brachte Klaus schriftlich die „Reden" eines Lehrers mit, die die ganze Klasse aufsagen konnte.

Ich fand sie toll, denn sie begann so:

Mein liebes Kind! Du bist nicht dumm - nein,
das habe ich nie behauptet -
faul bist du, stinkend faul !
Kannst du morgen wieder nichts, fliegst du morgen raus !
fliegst zur Tür hinaus ....

War doch toll!! Abgeschrieben, in meiner Klasse vorgelesen! Ergebnis „Das machen wir auch!" Unser „Puma" (Herr Reinhard) - unser Mathelehrer hatte auch so seine Sprüche. Also, wer schreibt es auf? Ich habe mich sicher freiwillig gemeldet! Ich „sehe" noch mein großes Geometrieheft! Ich arbeitete auf der richtigen Seite gut mit, das fiel mir ja nicht schwer und hinten im Heft schrieb ich seine Sprüche auf. Schnell wieder rumgeschlagen, wenn er guckte.

Er muß es dann doch gemerkt haben (so blöd sind die Lehrer ja auch nicht alle) und nahm mir das Heft weg. Schweigen! Wie mag ihm zumute gewesen sein, als er seine Worte las? Ich glaube, ich hätte als Lehrer gelacht und wäre wohl heute froh, wenn ich wüßte, was meine „Sprüche" gewesen wären!
Er war sprachlos (in Geometrie hatte ich aber alles mitgezeichnet). Dann „Das ist mir noch nie vorgekommen! Eintrag in´s Klassenbuch! Nein, du fliegst von der Schule!"

Das hätte ich ja nicht erwartet. Und eingeschüchtert, wie man damals war, ich glaubte es!! Er „versprach“ mir viel, aber es geschah nichts! War es denn so schlimm? Er riß die Seiten raus (ich hätte es auch getan) und wir hatten nun keine „Sprüche“ von ihm. Ich hatte schon „Schisse“! Wieder die Kudling!

Es gab aber auch nette Lehrer! So waren wir 6 Freundinnen zu Marions Einsegnung (Konfirmation) eingeladen. Es wurde aber getrennt gefeiert. In einem Raum feierten die Erwachsenen. In einem anderen die Jugendlichen, die im Alter von Marions Schwester Brigitte waren, also 18, 19 und 20 Jahre und wir hatten auch unseren Raum.
Die Zimmer waren alle groß, miteinander verbunden und überall ging´s lustig zu. Wir bekamen auch Wein, hatten einen Plattenspieler und hatten gute Stimmung. Ich „sehe“ mich noch auf einer Liege oder Sofa alleine „tanzen“. Aus dem Nebenraum kam Klaus Lawin, der Sohn des Konsistorialrates Pfarrer Lawin aus Juditten und tanzte mit unserer „schönen“ Helga. Es wurde in Groß Holstein geschlafen und am Morgen wurden wir alle zur Straßenbahn nach Ratshof gefahren. Also alle müde, unausgeschlafen und nichts gelernt!

Ich kam in Erdkunde dran. Ich sagte keinen „Mucks“. Unser Direktor Kowalski wartete. Da rief eine aus unserem Clübchen (er versprach mir wohl eine 6) „Bitte nicht, wir haben bei der Marion Einsegnung gefeiert.“ Ich war „gerettet“ und bekam für meine Sprachlosigkeit eine 3.

Ja, unser Clübchen machte vieles gemeinsam. Im letzten Jahr sollten wir alle Kriegshilfsdienst in den Ferien machen. Es muß 1942 / 1943 gewesen sein. Marions Vater hatte wieder eine gute Idee. „Wir arbeiten bei uns in der Gärtnerei“ Marions Vater forderte uns schriftlich an und es wurde anerkannt. Also 3 Wochen zusammen gewohnt, geschlafen und gearbeitet. Ich besinne mich nur auf die großen Flächen von Erdbeeren, die von den „Ablegern“ und vom Unkraut befreit werden mußten und alles mußte ordentlich aussehen! Alle Erdbeeren durften wir essen, die noch nach der Ernte zu finden waren. Und das waren viele!

Marion bestimmte die Arbeitszeit! Wir haben wirklich gearbeitet, hatten aber auch viel Freizeit. Eines Tages wollten wir zum „Krug“, eine Gaststätte, die an der Dampferanlegestelle gleich am Pregel unterhalb des Schlosses war und wollten Limonade trinken.
Von hier aus sah man das Haff, die Pregelmündung und den Pillauer Seekanal. Es war sehr windig und man sah die Wellen auf dem Haff. Plötzlich - wir blödelten auf den Gartenstühlen und tranken Limonade - kam eine Jolle (Segelboot ohne Kajüte) mit einem Pärchen und legte am Steg an.
Wir erzählten miteinander und er fragte uns, ob jemand mit ihm auf´s Haff hinaus segeln wollte, seine Freundin hätte Angst.
Natürlich, unsere schöne Helga nicht, war doch klar! Wir hatten alle geborgte Lederhosen an (davon werde ich noch erzählen) und zuerst segelten 2 Freundinnen mit. Sie kamen „pitschnass“ wieder, denn die Wellen auf dem Haff „schossen“ ins Boote und sie hatten ununterbrochen Wasser schöpfen müssen.
Na, will noch jemand ?
Na klar! Marion und ich!!!! Oder waren wir die Ersten und dann niemand mehr? Es war beängstigend toll!! Wir klitschnass und die Lederhosen auch! Oh, weh, die werden doch durch das Wasser nach dem Trocknen steif!!! Aber es ging. Wir trockneten sie am Fenster an einer Schnur!

Ja, die Lederhosen

Unsere „Tragheimer“ hatte auch im Bootshaus Ruderboote stehen, die man ausleihen durfte. Ein „Vierer“ mit Steuermann und Kielschwein ergaben 6 Mann. Unsere Doris bekam als so gute Sportlererin das Boot eigentlich immer. Wenn es nicht 6 Mann waren, dann reichte auch ein Zweier mit Kielschwein und Steuermann. Das Rudern war natürlich auch herrlich!
Marion besaß eine eigene Lederhose und die trug sie zu Hause den ganzen Sommer über. Mein Wunsch: Eine Lederhose! Es klappte nicht, war unnötig! Eines Tages kam unser „Clübchen“ auf die

Idee, alle in Lederhosen mit der Straßenbahn zum Bootshaus zu fahren (am Sonntag). Wie kamen wir nun zu Lederhosen? Marion war ja stolze Besitzerin. Christel Zunder und Hanna hatten ältere Brüder, die Lederhosen hatten. Doris Neundorf borgte sie sich von einem Jungen aus dem Haus. Aber ich? Klaus besaß keine.
Da fiel mir mein netter Onkel Andreas ein, der geschiedene Mann von Tante Anna. Er war ein gebürtiger Bayer und sprach so schön bayrisch und hatte natürlich auch eine Lederhose.
Er wohnte noch in der mir bekannten Wohnung, in der Vorstädtischen Langgasse 77, genau gegenüber der Börse. Ich also heimlich hin. Er freute sich sehr, dass ich ihn besuchte und borgte mir selbstverständlich die Lederhose. Ich konnte sie den Sommer über behalten. Ich weiß nicht mehr, wo ich sie deponiert hatte. Ich nehme an, bei Marion, denn meine Eltern hätten sie bestimmt gefunden.

Es kam also der für uns so spannende Sonntag. Mit Marion hatte ich mich in Juditten verabredet. Vom Holsteiner Damm führte eine gepflasterte Straße auf die Juditter Chaussee (auf mein Geburtshaus zu). Von da an war es nicht mehr weit bis zum Juditter Friedhof. Die Begräbnsistätte der Großeltern Kriegsmann war an der äußersten Ecke des neuen Friedhofes. Schön mit Natursträuchern und Lebensbäumen begrenzt.

Hier also hin und in die Lederhosen gestiegen (Marion wird sie sicher mitgebracht haben). Irgendwo müssen wir uns dann alle getroffen haben und die Fahrräder eingestellt haben. Ich weiß nicht, in welche Straßenbahnlinie wir eingestiegen sind. Ich glaube, am Kaiser-Wilhelm-Platz stiegen wir ein oder um. Sechs sechzehnjährige „dumme Gänse“ in bestimmt lautem Geschnatter. Und wer steht hinten im Peron? Mein Cousin Sieghart (1 Jahr älter als ich) , mit dem ich sowieso auf Kriegsfuß stand. Durch ihn erfuhren es meine Großeltern Kudling in Ratshof und danach meine Eltern. Zum Glück erfolgte diese „Flüsterparole“ etwas langsam, so dass ich noch unbehelligt bei Marion im Kriegshilfsdienst in der Gärtnerei mit Lederhosen arbeiten konnte.

Holsteiner Damm an der Pregel

Abschied - F l u c h t aus Ostpreußen

Königsberg (Pr.), die Hauptstadt Ostpreußens hat den 2. Weltkrieg nicht überlebt!

Britische Flugzeuge bombardierten vom 26. zum 27. August 1944 den Norden Königsbergs. Zwei Nächte darauf warfen 600 Flugzeuge ihre Bomben über der Innenstadt ab. Es waren die ersten Phosphorbomben, die auf eine deutsche Stadt abgeworfen wurden. Es kamen im Flammenmehr 4200 Menschen ums Leben und 200 000 Menschen wurden obdachlos.

Königsberg war eine stolze, 700 Jahre alte deutsche Stadt und zählte bei Ausbruch des 2. Weltkrieges 371 000 Einwohner.
Eine Großstadt, die viele Gelehrte, Maler und Schriftsteller hervorgebracht hat. Käthe Kollwitz, ETA Hoffmann, Johann Christoph Gottsched, Julius Rupp (Vater von Käthe Kollwitz) und viele mehr. In Königsberg wirkten außerdem Simon Dach, Theodor Gottlieb Hippe, Johann Gottfried Herder, Lovis Corinth, um nur einige zu nennen. Doch keiner von ihnen erlangte jene Weltbedeutung, die bis heute dem großen Philosophen Immanuel Kant zukommt.

Allein die jährlichen Messen sprachen für die große Bedeutung der Stadt. Nach den Flugzeugangriffen blieb von dieser Stadt nicht mehr viel übrig.
Das Schloß, das Wahrzeichen Königsbergs, wurde zum Teil zerstört und brannte aus. Mit ihm viele wertvolle Sammlungen. Hier war auch das - bis heute verschwundene und immer wieder gesuchte - Bernsteinzimmer, dass ich noch als Schülerin gesehen habe. Das Bernsteinzimmer hatte 1717 Friedrich Wilhelm I. dem Zaren Peter I. geschenkt. Es wurde von der deutschen Wehrmacht gestohlen und im Schloß in Königsberg (1941 - 1944) in einem Zimmer der Gemäldegalerie eingebaut. 1944 wurde es in Kisten verpackt und in die Keller des Südflügels gebracht.
Seit dieser Zeit ist es verschwunden und alles Suchen war bisher vergebens.
Der Dom, fast alle Kirchen, die alte und neue Universität (an der

Das Schloß in Königsberg (Anhang 9)

Immanuel Kant, der große Königsberger Philosoph studierte und lehrte), das alte Rathaus, das Opernhaus, die größte Buchhandlung Europas „Gräfe und Unzer“, der Hafen und viele Gebäude in Königsberg - die Innenstadt fast total - wurden zerstört oder brannten aus. Etwa 90 % aller Gebäude fielen dem sinnlosen Terror zum Opfer.

Vom Januar 1945 bis zum 09. April 1945 wurde die Stadt von den Russen beschossen. Hitler ließ Königsberg als Festung erklären und Tausende von Menschen starben, verhungerten, die Frauen und jungen Mädchen wurden vergewaltigt und getötet oder in „Arbeitslager“ von den Russen aus der eingeschlossenen Stadt Königsberg gebracht.

Hier fallen mir Worte von Gert. O.E. Sattler ein:

> „*Man kann ganze Völker verjagen,*
> *verdrängen, ausweisen.*
> *Aber man kann ihnen nicht die Liebe zur Heimat*
> *austreiben und die Erinnerung stehlen!*“

Diese Liebe, Erinnerung an die Heimat habe ich nie vergessen. Ständig suchte ich nach Informationen über Bekannte, Verwandte, nach Schulfreundinnen. Ständig waren meine Gedanken bei meinen Erinnerungen, ich begann, diese damals schon aufzuschreiben und erzählte meinem späteren Mann und meinen Kindern immer wieder davon.

Damals 1945/1946, als die große Flucht langsam ihr Ende fand, war ich in der Deutschen Demokratischen Republik - DDR - gelandet und mußte feststellen, dass meine Eltern, Großeltern und Schulfreundinnen alle über´s große Wasser, die Ostsee, von Königsberg, Pillau aus mit Schiffen in Norddeutschland, im Westen Deutschlands eine neue Heimat fanden.

Mein Vater, meine Stiefmutter - mein Vater hat nach dem Tod meiner Mutter wieder geheiratet - und mein Bruder fuhren von Metgethen mit einem Güterzug nach Pillau, weiter mit einem Minensucher bis nach Gotenhafen und entkamen mit dem Passagier-Schnelldampfer „Potsdam“ 17528 BRT. Sie „landeten“ in Saßnitz und fuhren erst einmal nach Magdeburg, wo die Großeltern meiner Stiefmutter lebten. Als sie später die Informationen hatten, dass mein Onkel Erich inzwischen in Brunsbüttelkoog war, kam es damals zur „Zusammenführung von Familien“ und sie fanden ihr neues Zuhause in Brunsbüttelkoog

Durch Zufall kam meine Familie damals in Gotenhafen nicht auf die „Wilhelm Gustloff“. Sonst hätte ich sie nie wieder gesehen. Sowjetische Torpedos versenkten die „Gustloff“ bei minus 18 Grad und es fanden dabei 5348 Flüchtlinge, darunter 3000 Kinder einen qualvollen Tod.
(Angaben aus dem Buch von Heinz Schön „Ostsee 45“).

Jahre später las ich im Tagebuch meiner Stiefmutter Else, die sehr gläubig war:

„Am 27.Januar 1945 ging es abends mit einem Sonderflüchtlingszug im Güterwagen nach Pillau. Die ganze Nacht standen wir auf der Strecke. Es war gruselig kalt. Durchgefroren, hungrig und müde kamen wir endlich am nächsten Nachmittag (Sonntag) in Pillau an. Ein schrecklicher Anblick. Alles lief haltlos in den vereisten Straßen umher. Kinder frierend, zerlumpt, halb erfroren und verhungert. Soldaten abgekämpft. Ein furchtbares Bild.
Die Stadt war volle Flüchtlinge. Im Postgebäude konnten wir eine Nacht warm schlafen. Durch Gottes Fügung kamen wir mit einem Minensuchboot nach Gotenhafen. Es war kein Mitkommen auf großen Dampfern. In Gotenhafen über 1 Woche geblieben. Auf Zuruf gingen wir alle zum Hafenbecken. Dampfer war weg! Wir waren ärgerlich, schließlich wurden wir von Matrosen auf den Dampfer „Potsdam“ gebracht. Auf der „Potsdam“ erfuhren wir, dass die „Gustloff“ untergegangen war. Ich habe zu Gott gebetet.“

Anfangs war der Brief- und Telefonkontakt in den Westen Deutschlands schwierig. Später fand ich auch mit Hilfe meines Vaters und meines Bruders, Tante Anna... und so könnte ich sie alle auf-

zählen, wieder meine „Wurzeln“. Bekam auch u. a. Fotos, Dokumente (wie meine Konfirmandenurkunde).
Ich war glücklich, ich war nicht mehr ganz allein.

Reichsarbeitsdienst 1943

Ich besinne mich auch an meinen Reichsarbeitsdienst 1943 (RAD - Anhang 6) im Lager Gehlweiden im Kreis Goldap.
Das Lager war ein ehemaliges Herrenhaus/Gutshaus und das Gut wurde für wirtschaftliche Zwecke „angesiedelt“. Wir waren in „Kameradschaften“ eingeteilt und arbeiteten in der Landwirtschaft, schlossen Freundschaften.
In dieser Zeit verband mich eine ganz besondere Freundschaft mit Susi Schrader aus Kapkeim. Über Susi und ihre Eltern werde ich noch an anderer Stelle berichten.

Im Ostpreußenblatt unter der Rubrik von Ruth Geede „Eine ostpreußische Familie“ fragte ich nach weiteren „Kameradinnen“ und ggf. auch Bildern aus dieser Zeit. Es kamen viele herzliche Briefe, Erinnerungen wurden wieder wach. Ich konnte mich endlich mit den “alten Kameradinnen” wunderbar erinnern, austauchen.

Sabine: links

Abschied und meine Zeit als Schulhelferin in Gauleden

Im Juni 1944. 2 Monate vor dem ersten großen Luftangriff der Alliierten auf Königsberg, starb meine Mutter mit 41 Jahren an Krebs. Sie wurde auf dem Friedhof bei der Juditter Kirche begraben.

Ich erlebte im Vorort Königsberg/Metgethen die zwei großen Bombenangriffe im August 1944 der Engländer. Davon sprach später niemand mehr, obgleich in zwei Nächten die 700 jährige deutsche Großstadt in Trümmer gelegt wurde - gleich wie Dresden.

Wie viel Not und Elend unter der Bevölkerung! Auch hier verbrannten die Menschen am lebendigen Leib, gingen als „Fackeln“ in den Pregel.

Wie viele Menschen mußten sterben oder hatten keine Wohnungen mehr!
Ich hatte Glück.

Nach dem großen Luftangriff im August 1944 holte Susi Schrader mich und meinen Bruder Eckhard nach Kapkeim (20 km von Königsberg), da alle Mütter mit Kleinkindern aus Königsberg raus sollten. Susi Schrader war Lehrerstochter, die Eltern bewohnten ein geräumiges Haus in Kapkeim und sie war beim RAD meine beste Freundin.

Den 2. Luftangriff auf Königsberg erlebte ich bereits von Kapkeim aus. Unser Ortsteil Metgethen wurde nicht bombardiert.

Da ich über den RAD Schulhelferin werden wollte, bewarb ich mich bereits in Königsberg über den Schulrat als Schulhelferin und wurde in Gauleden (einige Kilometer von Kapkeim) eingesetzt.
Der Lehrer war Herr Totenhaupt (dazu gibt es ein Bild im Wehlauer Lexikon). Er war wohl über meine Hilfe recht froh und half mir bei der Arbeit - ich glaube 3. und 4. Klasse zusammen - beim Schulunterricht. Ich glaube, es fiel mir leicht und es machte mir Freude.
Herr Totenhaupt lud mich in den ersten Tagen zum Mittagessen ein,

es gäbe Schwarzsauer! Oh, je, was war denn das? Mein Vater aß so etwas nicht. Und - es schmeckte gut.
Weihnachten 1944 war ich in Metgethen.
Weihnachten verlebte ich in Königsberg mit Bruder, Vater und Großeltern. Mein Bruder Eckhard blieb bei meinem Vater.

Allein ging es danach mit dem Fahrrad wieder nach Kapkeim. Der Schuldienst begann im Januar 1945. Am 19. Januar 1945 unterrichtete ich ein letztes Mal, mußte Vertretung in der Kapkeimer Schule machen. Am 21. Januar 1945 war ich sogar noch mit meiner Freundin Susi im Kino.
Der Geschützdonner kam immer näher. Flüchtlingstrecks und die Wehrmacht zogen auf der Hauptstraße bei eisiger Kälte und viel Schnee vorbei. Das war schon ein alltägliches Bild.

Flucht mit Horst Söckneck

Am 20. oder 21. Januar 1945 kam plötzlich ein Offizier in das Haus, es war Susi´s Vater. Der zur sofortigen Flucht mahnte. Er mußte weiter. Wir waren wohl bis dahin zu gutgläubig. Glaubten den Zeitungsberichten und den Nachrichten im Radio, dass der Feind noch nicht so weit war, dass er zurück geschlagen wurde und Ostpreußen nicht gefährdet war. Aus der Umgebung flüchtete noch niemand.

Am 22. Januar 1945 ging Hals über Kopf die Flucht los.

Schrader`s mußten nun eilig packen, denn Susi hatte noch 4 kleinere Geschwister und eine 80-jährige kranke Oma. Ich half, denn ich hatte ja gar nicht viele Sachen von mir dort. Ich werde den Abschied von Schraders aus ihrem Häuschen nicht vergessen! Nur ein Trampelpfad führte durch den hohen Schnee auf die Hauptstraße zum Bahnhof. Alle dick vermummt, im „Gänsemarsch“ und die alte Oma auf einem Schlitten sitzend. Ich wollte helfen, sie und ihr Gepäck zum Bahnhof zu bringen.
Frau Schrader hatte mit sich zu tun, und ich gehörte ja nach Kö-

nigsberg. Sie gab mir ihre Zustimmung, mit ihnen zu gehen und ich kehrte um, um meine Sachen zu holen. Schrader´s nun mit 4 Kindern und die Oma auf dem Schlitten mit Gepäck durch den hohen Schnee zum Bahnhof nach Groß Lindenau. Ich zurück, hatte ja alles gepackt - 1 Koffer und 1 Aktentasche - und wollte sie mit dem Fahrrad einholen.

Unterwegs traf ich Horst Söckneck, einen 16-jährigen Jungen, der gerade seine Mutter mit zwei jüngeren Geschwistern zum Bahnhof bringen und „verladen wollte". Er wollte vorher noch zu Schrader´s, um ein geborgtes Fahrrad zurück zu bringen.
Ich erzählte ihm, dass Schrader`s weg waren und erzählte ihm von meine Sorgen. Er schlug mir spontan vor:
„Komm mit uns, wir fahren mit Pferden und Schlitten nach Königsberg zum Bahnhof. Meine Mutter fährt mit dem Zug und den zwei kleinen Brüdern nach Radebeul. In Königsberg schicken wir alles mit dem Zug nach"

Wir brachten noch am gleichen Tag seine Mutter und die zwei Brüder auf den Bahnhof. Halfen beim „verladen" in den überfüllten Zug und beluden den Schlitten. Der Kutscher, der alte Seroleit, fuhr und ein polnisches Dienstmädchen sollten den Treck führen. Wir wollten sie dann am nächsten Tag mit den Rädern bis Königsberg begleiten.

Ich weiß nicht, was ich empfand. Ich wollte ja nur bis Königsberg oder wollte ich auch nach Radebeul? Meine Mutter lebte nicht mehr und mir war wohl alles gleichgültig?!
Ich lud mein bißchen Habe auf den Pferdeschlitten und dachte bestimmt nicht, dass ich meine Heimat für immer verlassen würde.

Bei Söcknecks „schliefen" wir. Nachts 1 Uhr wollten wir starten. Abends war dann das ganze Haus mit flüchtenden Soldaten voll und wir bekamen von den Soldaten über 100 Zigaretten geschenkt. Obwohl wir nicht rauchten, nahmen wir sie mit auf unsere Flucht, wer weiß, wofür die noch gut sind.
Es war ca. 25 Grad minus und viel Schnee.

Die Hauptstraße, noch im Dunkeln, war voll gestopft von Trecks. Unser Schlitten mußte am Eisenbahnübergang warten, um sich dann auf der Hauptstraße einzureihen. Gleich nebenan war der Bahnhof.
Wir stellen die Räder ab und schauten zum Abschied in das Bahnhofsgebäude von Groß Lindenau. Alles voll gestopft mit fremden Menschen. Keinen kannte Horst, meinen 16-jährigen Begleiter. Die Frauen und Kinder saßen auf Koffern, Kartons, Taschen.
Das war für mich ein schrecklicher Anblick! Aber es sollte ja noch viel schlimmer kommen.

Wir fuhren mit den Rädern voraus, da sich das Gefährt mit Kutsche und den polnischen Mädchen in den Flüchtlingstreck eingereiht hatte. Horst meinte später, er wolle noch einmal von dem Bahnhof in Groß Lindenau - dem Treff seiner Jugendliebe - Abschied nehmen. Kurz noch einmal hinein geschaut, es waren jetzt kaum noch Leute drin.
Wir nahmen unsere Fahrräder und sahen uns nach unserem Fuhrwerk um. Kam nicht! Schlitten und Wagen kamen dicht hintereinander. Wir fuhren vor und zurück und suchten. Nichts! Unser Fuhrwerk war nicht dabei!

Wir fuhren weiter in Richtung Königsberg. Nichts, Pferdeschlitten nicht gefunden! Nach 12 Stunden ohne Essen kamen wir hungrig, aber noch immer hoffnungsvoll in Königsberg an. Im ersten Bäckerladen bekamen wir ohne Marken etwas zu essen. Nun zum Hauptbahnhof, hier wollten wir ja die Sachen abschicken. Wir ahnten immer noch nicht, wie aussichtslos die Lage war. Wir suchten nach den Pferden, dem Schlitten. In meiner Aktentasche waren mein Ausweis, ein Postsparkassenbuch mit 3500 Reichsmark, und Schmuck (ich glaube es waren Brillianten) im Wert von 1500 - 2000 Reichsmark (RM). Aber wir werden ihn schon finden! Es zog ja alles gen Westen!

Ich hatte nur das gerettet, was ich anhatte: ein Kleid, Skihosen und eine Jacke. Aber das konnte uns nicht erschüttern.
Nun weiter durch die Ruinen der Innenstadt, zum Hauptbahnhof,

gen Osten, zu dem Vorort, in dem ich wohnte, vorher lag noch der Stadtteil Ratshof, in dem meine Großeltern wohnten.

Als wir am 23. Januar 1945 endlich mit dem Fahrrad hungrig in Königsberg/Ratshof bei meinen Großeltern ankamen, saßen sie gemütlich in ihrer warmen Stube von ihrem kleinen Häuschen. Sie waren entsetzt, als wir vor ihnen standen. Sicher auch, weil ihre einzige Enkelin mit einem 16-jährigen Jungen vor der Tür standen. Durch großen Zufall hatten wir „gemeinsam" die „Radtour" nur bis zur Hauptstadt Ostpreußen - nach Königsberg machen wollen.

Er wollte dann weiter zu seiner Mutter und den zwei Geschwistern mit dem Zug in´s Reich, wie wir den größten Teil Deutschlands nannten, nachfahren. Ich wollte erst einmal nach Hause.

Meine Großeltern wollten nicht glauben, dass der Russe schon so weit vorgedrungen war. Mein Großvater kam mit dem Wehrmachtsbericht und zeigte die letzte Meldung. Danach waren die Russen erst in Insterburg.
Der Rundfunk und die Presse „betrogen" die Bevölkerung, so dass die meisten Königsberger gar nicht wissen konnten, dass der Russe schon so nahe an der Stadt war. Und wer wollte denn schon seine Heimat und sein vertrautes Heim verlassen?

Ich habe meine Großeltern, die damals noch gemütlich in ihrem Zimmer saßen, nach 1945 nie mehr gesehen. Meine Oma wohnte später in Brunsbüttelkoog, wo sie gleich nach der Flucht mit meinem toten Opa „landete". Er soll sich wohl im Zug von Königsberg nach Pillau die Hand eingeklemmt haben und konnte nicht behandelt werden. Auf dem übervollen Marine-Eisbrecher „Castor" von Pillau nach Brunsbüttelkoog ist er dann verstorben. Heute noch liegt mir der Totenschein vom 15.02.1945 vom Marineseekapitän Voß unterschrieben vor. Als Todestag steht der 14.02.1945 - 10.45 Uhr und als Todesursache „Herzschwäche, Herzschlag anzunehmen".

Wie furchtbar muß es wohl für Oma gewesen sein, die Heimat zu verlassen und mit dem toten Mann im „fremden Land" allein

„gestrandet" zu sein! Keine Ahnung, wo ihre Kinder und Enkelkinder waren. Aber sie war stark gläubig und das hat ihr sicher Kraft gegeben und geholfen!

Meine Oma wartete auf ihre Tochter, die in Königsberg geblieben war. Sie kam 2 Jahre später verlaust, halb verhungert und verwahrlost in Brunsbüttelkoog an. Sie hatte sich 2 Jahre in Königsberg die großen Strapazen ansehen müssen und wurde dann vertrieben! Über die Schicksale dieser Menschen, die nicht mehr fliehen konnten, erfuhren wir in Ostdeutschland nichts! Die Russen hatten unsere Freunde zu sein, sie hatten uns ja befreit. Ich habe auf meiner Flucht nie schlechte Erfahrungen mit den Russen gemacht - wir waren immer 1 Tage vor den Russen in den Orten, Städten - zum Glück!
Das konnten wir aber damals noch nicht wissen. Wir waren jung und zogen täglich weiter, suchten den Wagen mit unseren Sachen, wollten zu den Eltern von Horst!

Erst viele, viele Jahre später, beim Recherchieren meiner Flucht, an Hand meines kleinen Taschenkalenders, hat mein Sohn auf einer Landkarte von Ostpreußen die Tage und Orte eingetragen, wo wir waren und auch den „Stand" der Russen nachvollzogen. Wir waren zum Glück überall „einen Tag vor den Russen".

Später las ich in dem Buch „Die Vertreibung der deutschen Bevölkerung aus den Gebieten östlich der Oder-Neiße" vom Verlag dtv vom November 2004.

„Der 22. Januar 1945 war für die Provinz Ostpreußen und ihre Bevölkerung ein Tag von einschneidender Bedeutung, da mit dem Vorstoß russischer Panzereinheiten nach Elbing die Abschnürung der Provinz völlig wurde und der riesige Flüchtlingsstrom, der die Weichsel zu erreichen suchte, nun kehrtmachen mußte, um über den einzigen Ausweg, das Haff zu entkommen.
Am 23. Januar 1945 durchfuhren russische Panzer die Stadt Elbing, erst am 26. Januar 1945 erreichten russische Truppen bei Tolkemit das Haff."

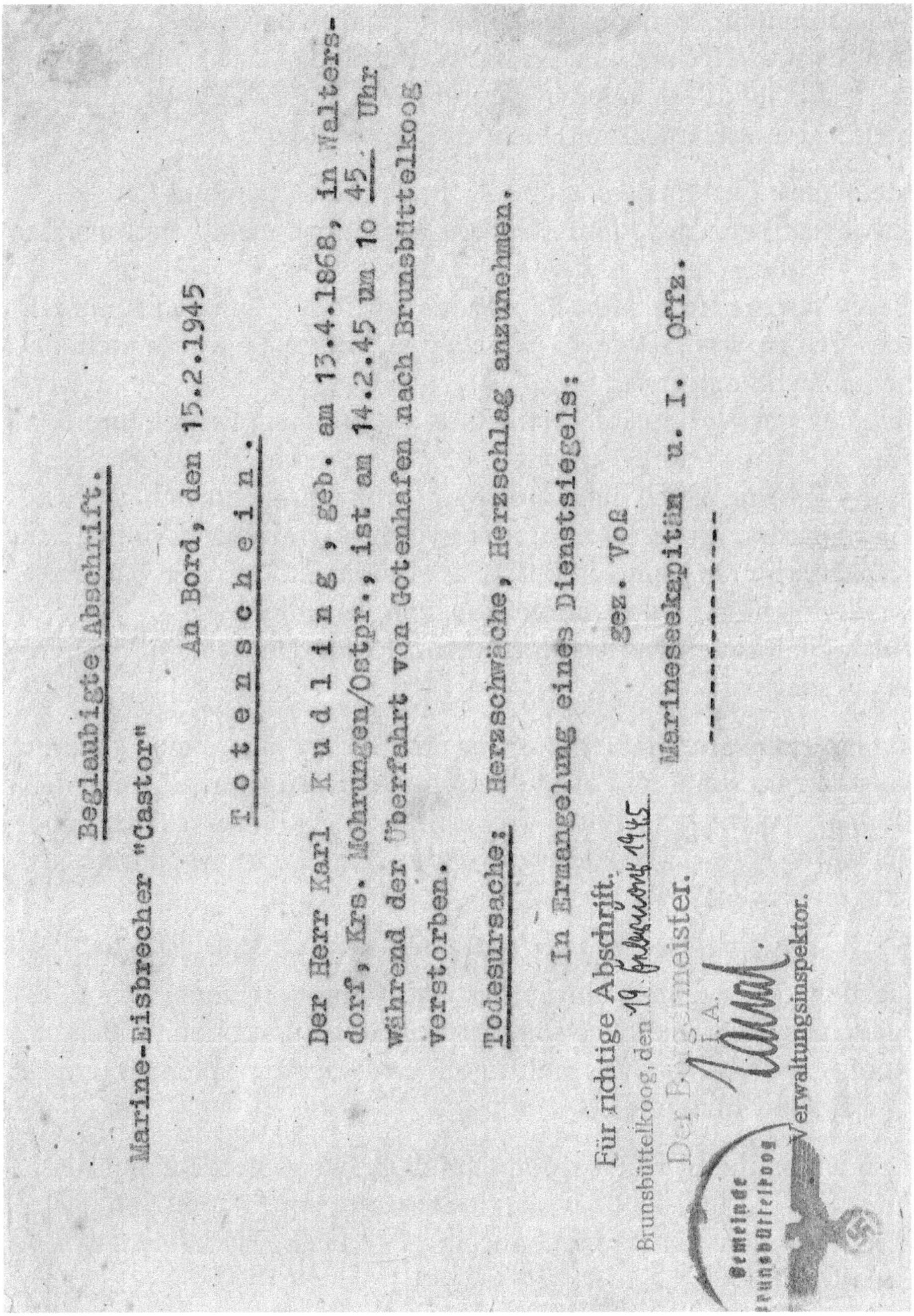
Beglaubigte Abschrift.

Marine-Eisbrecher "Castor"

An Bord, den 15.2.1945

T o t e n s c h e i n .

Der Herr Karl K u d l i n g , geb. am 13.4.1868, in Waltersdorf, Krs. Mohrungen/Ostpr., ist am 14.2.45 um 10 45. Uhr während der Überfahrt von Gotenhafen nach Brunsbüttelkoog verstorben.

Todesursache: Herzschwäche, Herzschlag anzunehmen.

In Ermangelung eines Dienstsiegels:

gez. Voß

Marineseekapitän u. I. Offz.

Für richtige Abschrift.

Brunsbüttelkoog, den 19 Februar 1945

Der Bürgermeister.

I.A.

Verwaltungsinspektor.

Gemeinde Brunsbüttelkoog

Totenschein

Wir fuhren am 23. Januar 1945 weiter nach Hause, nach Metgethen. Es war alles noch im normalen Zustand. Als wir am 23. Januar 1945 abends bei meinem Vater ankamen, erfuhren wir, dass mein Vater noch nicht an Flucht dachte.

Mein Vater dachte, dass ich zu „früh das Feld" geräumt hätte. Zuversichtlich - der Pferdeschlitten kann doch nicht verschwunden sein - schlief ich das letzte Mal in meinem Bett.
Beim Abschied sage mein Vater noch: „Mit dem Jung willst du fahren?" Horst war gerade 16 Jahre alt geworden. Er wurde mein lieber „Flüchtlingsbruder".
Ich hatte, als wir noch in Metgethen waren, mein Fahrrad mit Eva´s Fahrrad, was im Keller „rumstand" ausgetauscht. Es war ein ganz neues Fahrrad! Auch hatte Horst ein ganz neues Fahrrad.
Am nächsten Morgen früh fuhren wir mit den Fahrrädern bis Kapkeim hin und her (70 km). Das Gefährt mit unseren Sachen wieder nicht gefunden und in Kapkeim war alles leer!
Auch die Straßen wurden dort immer leerer. Der Geschützdonner klang sehr nah.

Da ein Haus am Straßenrand, aus dem Rauch kam. Eine Panzerfaust lag am Rand und 2 - 3 deutsche Soldaten kamen heraus und fragten, wo wir hin wollten. Wir erzählten von unserer Suche und die Antwort war: „Kinder, wo wollt ihr hin? Kehrt um, die Russen sind nicht weit!"

Also wieder zurück. Am 25. Januar 1945 waren wir wieder in Königsberg. Die meisten Einwohner von Königsberg ahnten damals noch nicht, dass die Lage so ernst war. Der Russe stieß südlich an Königsberg vorbei und schnitt die Fluchtwege für Soldaten und für und Zivilbevölkerung ab.

Daß ich dann mit Horst zusammenblieb, wir gemeinsam auf der Flucht waren und 789 km bei großer Kälte von Ostpreußen nach Berlin mit dem Fahrrad und auch zu Fuß bis Berlin kamen, war Zufall.

Sein Gepäck wurde mit dem Pferdeschlitten vom Kutscher gefahren. Ich habe all meine Habe, was ich in dem Dorf Kapkeim hatte, auf den Pferdeschlitten gelegt. Das Gespann verloren wir und wir suchten es. Allen Hinweisen „gingen“ wir nach und fuhren in 3 Tagen 225 km in eisiger Kälte und hohem Schnee, um den Schlitten zu suchen.
Wir hatten kein Geld, ich keinen Ausweis, keine Lebensmittelkarten, keine Kleidung. Wir hatten nur das, was wir am Leib trugen.

Nur einen kleinen Taschenkalender von 1945 und einen kleinen Bleistift hatte ich noch in meiner Jackentasche, in dem ich die Flucht exakt aufschrieb und heute noch besitze.
Auf unserer Suche nach dem Pferdeschlitten gab uns ein älterer Mann den Rat, Königsberg schnell zu verlassen, denn „sie ziehen auch Kinder zum Volkssturm noch ein!“. Die Trecks würden südwestlich von Königsberg nach Westen geleitet, hieß es. Also weiter. An Trecks vorbei, gesucht, gefragt. Nichts! Wir hatten in den 2 Tagen schon über 100 km mit dem Fahrrad, natürlich auch viel zu Fuß, zurück gelegt. Bei einem Klassenkameraden übernachteten wir - immer noch guter Dinge.
Am nächsten Tag 60 km weiter - da mußte doch unser ehemaliges Pflichtjahrmädchen wohnen. Ja, wir wurden aufgenommen. Gutes Essen, gute Schlafgelegenheiten - wieder voller Zuversicht. Wir finden sie schon!

26. Januar 1945

Wir suchten den Pferdeschlitten und fuhren über Heiligenbeil nach Braunsberg (südlich vom Frischen Haff). Am 26. Januar 1945 waren wir (nach 55 km) in Braunsberg am Frischen Haff angekommen.
Hier erreicht uns die Nachricht, dass die Sowjetarmee vom Süden vorgestoßen wäre und den Weg abschneiden würde.
Ganz mutig ging es weiter am Frischen Haff entlang auf der Suche nach unserem Gepäck. Es sollte unser „Glück“ sein! Alle Straßen

waren voll gestopft mit Flüchtlingen. Mit den Fahrrädern kamen wir auf den verschneiten Straßen etwas schneller vorwärts. In Braunsberg, einer am Frischen Haff gelegenen größeren Stadt, hörte man schon den Geschützdonner. Was wir für ein Gerücht hielten, war wahr!
Der Russe war durchgebrochen und Königsberg war noch in deutscher Hand. Der Russe war von Südosten in Richtung Frisches Haff nach der Weichsel zu auf dem Vormarsch. Er hatte viele, viele ostpreußische Städte und Dörfer - für die Bewohner zum Teil ahnungslos - überrollt und die Fluchtwege abgeschnitten.
Noch wussten wir nichts von den Greueltaten der Russen.

27. Januar 1945 - Als Erste über´s Haff?

In Braunsberg fanden wir am 26.Januar 1945 eine Gaststätte. Unsere Räder kamen unter Verschluß und wir betraten die Gaststube, die zwar Wärme ausstrahlte, aber voll besetzt war. An einem Ecktisch fanden wir Platz. Hier traf Horst seinen Neffen Hans, der einen gehobenen Posten bei der Reichsbahn bekleidete. Die Frage, ob wir mit Geld ausgestattet waren, mußten wir verneinen. Diese Frage hatte sich uns bis dahin nicht gestellt. Sein Neffe Hans schenkte uns 400,00 Reichsmark.
Hans verabschiedete sich und wir erwarben etwas Eßbares und je ein Bier.

Es wurde später und die meisten Gäste gingen in ihre Fluchtfahrzeuge. Wir beide legten uns unter einen Tisch und schliefen sofort ein. Am nächsten Morgen weckte uns der Wirt „Ihr habt ja die Ruhe weg, die Russen sind bereits am östlichen Stadtrand.“
Es dauerte wohl kaum eine Minute und wir waren mit den Fahrrädern wieder unterwegs. Gepäck hatten wir ja nicht.
Wir kamen an das zugefrorene Frische Haff. Viele Menschen standen mit ihren Pferdeschlitten und -wagen am Ufer und hatten Bedenken, über das Haff zu fahren, da der Feind ja gute Übersicht gehabt hätte und schießen würde.

Die Wagen waren von Frauen, Kindern und älteren Männern beladen, die keinen Wehrdienst mehr leisten konnten.
Wir standen mit unseren Fahrrädern unschlüssig am Frischen Haff mit den vielen, vielen Flüchtlingen. Die umstehenden Flüchtlinge rieten uns ab, auf das zugefrorene Haff zu gehen.
Wir wollten es wagen - 8 km soll hier das Haff breit sein, die schmalste Stelle - die Leute rieten uns ab. Wir in unserem jugendlichen Leichtsinn, oder war es Unbekümmertheit, hatten den Mut und schoben los mit den Fahrrädern über das Eis durch die hohen Schneewehen.
Wir kamen ja mit unseren Fahrrädern schneller auf das zugefroren Haff. Alles weiß! Hoher Schnee und der Wind pfiff.
Keiner folgte uns. Unendlich erschien uns der Weg in der eisigen Kälte. Das andere Ufer, die Frische Nehrung, war uns schrecklich weit entfernt. Rückwärts geguckt.
Die „schwarze Traube“ der vielen Menschen stand noch am Ufer, kleiner und immer kleiner werdend. Kalt war es und ein eisiger Wind pfiff. Es erschien uns, als wenn das andere Ufer gar nicht näher käme. Wir weiter trotz Hunger und Kälte - hatten früh nichts gegessen.
Unendlich erschienen uns die 8 km, es ging ja auch so langsam vorwärts. Wir waren ja auf eine Flucht gar nicht vorbereitet und hatten auch nicht die „richtige“ Kleidung dazu an. Horst hatte den „Jägerhut“ seines älteren Bruders, der als Luftwaffenhelfer „kämpfte“ stolz aufgesetzt. Er wollte ja eigentlich damit nur nach Königsberg.
Endlich kam etwas Schilf durch das Eis, das allmählich größer wurde. Das Ufer kam näher! Am Ufer stand ein einsames Haus.
Wieder umgeguckt zum Festland. Die „schwarze Traube“ von Menschen wurde größer, hatten die Menschen auch den Mut gefaßt, über´s Eis zu gehen. Sie sind bestimmt noch alle sicher über das Haff gekommen, denn das Eis war sehr dick und die Russen schossen an diesem Tag nicht, es war der 27. Januar 1945.
Dieser 27. Januar war wohl unsere Rettung!
Vor uns war hier wahrscheinlich noch niemand über´s Haff gegan-

gen oder gefahren. Doch diese Fluchtwege über das Frische Haff auf die Frische Nehrung wurden Tage später schon das Grab für viele, viele Pferdeschlitten und -wagen mit ihren vielen Menschen. Es wurde wärmer und das Eis hielt dieser Last doch nicht mehr stand.

Später las ich in dem Buch von Patricia Clough „In langer Reihe über das Haff" vom Verlag DVA:

„Am 27. Januar 1945, die Russen waren nur noch fünf Kilometer entfernt, strömten Einhundert Braunsberger und Georgenburger Hengste aus dem Gestüt Braunsberg, von Warburg und seinen letzten Gestütsbeamten geführt, trabten sie hintereinander durch das Fischerdorf Alt-Passarge und bei eisigen Schneessturm über das Haff bei Nameldn. Ihr Ziel war Redefin im westlichen Mecklenburg."

Wir kamen im Ort Kahlberg an. Es war der Kurort Kahlberg, alle waren schon evakuiert. Das Haus am Ufer war menschenleer und kalt im Inneren. Auf dem Küchentisch lagen gefrorene Schweinefleischstücke. Hinter dem Haus befand sich ein Holzschuppen mit Brennholz. Wir heizten und hatten etwas warmes zu trinken, wärmten uns am großen Kachelofen auf.

Dann ging es weiter die Nehrung entlang nach Kahlberg hinein. Der bekannte Badeort mit seinen schönen großen Sommerhäusern, alle waren geräumt! Viele flüchtenden Soldaten, die uns etwas zu Essen gaben. Hier, in einem weiteren Haus, ich nehme an, in einer Millionärswohnung, die geräumt war, wurde „gut" gegessen und bequem übernachtet und „eingekauft". Hier fanden wir Wäsche zum Wechseln.

Die Kleiderschränke waren voll schöner Garderobe. Ich suchte mir 3 Kleider und einen Rock aus und fand ein kleines ledernes Hutköfferchen, da gingen mein „Hab und Gut" hinein.
Aber vielleicht finden wir doch noch unseren Schlitten?
Ich habe es eigentlich nie bezweifelt, dass wir den Schlitten nicht finden würden.

Ich hatte damals nicht einmal einen Ausweis bei mir und alle meine Wertsachen waren in einem Aktenkoffer auf dem Pferdeschlitten. Dachte ich sie doch dort sicher.

Dann ging es weiter nach „Neue Welt". In einem Gasthaus, es wurde von hinten aufgebrochen, haben wir es uns gemütlich gemacht. Da sind wir sogar 2 Tage geblieben.

Waren wir wirklich die Ersten, die damals am 27.Januar 1945 den Weg übers zugefroren Frische Haff gegangen sind?

Jahre später habe ich mich an Ruth Geede im Ostpreußenblatt gewandt. Unter der Rubrik „Die ostpreußische Familie" veröffentlichte sie meine Anfrage.
Im Ergebnis kamen viele liebe Briefe mit eigenen Erlebnissen. Sie bestätigten mir, dass wir, Horst und ich, am 27. Januar 1945 die Ersten waren, die den Weg übers zugefrorene Haff gingen. Uns schlossen sich dann Kolonnen von Menschen mit ihren Trecks an.

Ein Erlebnis unserer Flucht werde ich wohl nie vergessen. Wir sahen tote Pferde und Leichen in den „gestreiften Anzügen" liegen. Furchtbar! Dieser Anblick wird mir unvergessen bleiben! Auch noch etwas Furchtbareres sollten wir sehen! KZ-Sträflinge, sicher aus einem Lager, kamen in großer Kolonne in ihrer gestreiften Kleidung, an den Füßen Schnorren (Holzpantien), ohne Strümpfe, bewacht von Soldaten. Sie schlichen die Straße entlang, stützten sich gegenseitig. Das Schrecklichste aber war der große Leiterwagen, von 2 Pferden gezogen und voll gestopft, d.h. übereinander geworfen die Menschen, die nicht mehr laufen konnten.
Ein leises Wimmern war zu hören und hinter dem Wagen ein Soldat, der gerade, als wir sie sahen, mit dem Gewehrkolben die Menschen, die hinten drohten herunterzurutschen, wieder hochbugsierte.

Diese „Züge" von den Menschen aus den KZ´s, die sah man später oft in Filmen, aber nie die Pferdewagen dahinter!
Weiter ging es. Überall mußten wir nach Lebensmittelkarten, Geld oder Essen bitten. Etwas leichter hatten wir es sicher, als die armen

Menschen, die mit den Trecks unterwegs waren und Unterkunft für mehrere Familienmitglieder und sogar für Pferde brauchten.

Weiter ging es, mehr gegangen als gefahren, von Kahlberg über Stutthof, Steegen, Pasewalk, Neue Welt in Richtung Danzig, Soppot. Alles wie ausgestorben. Keine Menschen getroffen, Orte alle leer! Aber es war dunkel, wir hatten Hunger, wir waren durchgefroren! Wir fanden einen Gasthof, den wir von der Hofseite öffnen konnten. Alles leer, aufgeräumt, kalt! Hier schlafen wir! Eingeheizt, im Keller Büchsen mit Fleisch gefunden. Endlich warm, ruhig und im Bett schlafen! Eine Nacht Ruhe, wie gut das tat!

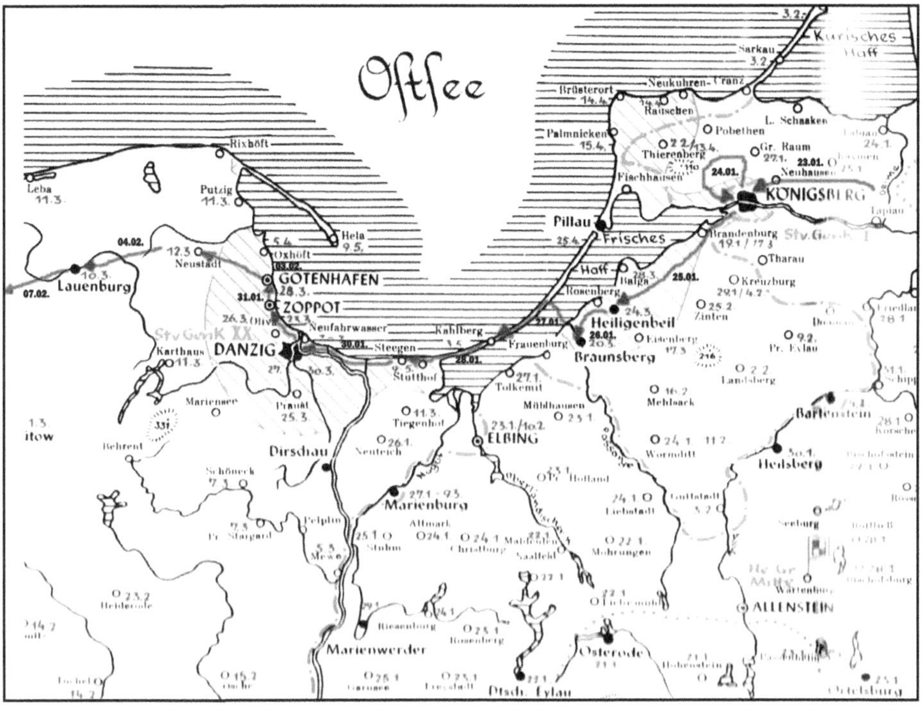

Der Fluchtweg

Ab 29. Januar 1945

Am 29. Januar 1945 genossen wir die Ruhe. Aber was war das für ein Krach, der immer stärker wurde? Von der Straße aus hatten viele Flüchtlinge die Türen aufgebrochen und wollten hier auch schlafen. Es wurde so voll, dass zuletzt auf der Erde, auf Tischen und Stühlen geschlafen wurde. Und das in den vielen Räumen. Sie alle wollten schlafen, ausruhen, um am anderen Tag weiter in Richtung Westen zu ziehen - weg von den Russen.

30. Januar 1945

Der 30. Januar 1945 wurde wieder ein aufregender Tag. Alle Flüchtlinge, die sich nun hier gesammelt hatten, die vor uns und hinter uns waren, zogen in Richtung Danzig. Von „Neue Welt" über Nickerswalde, über den östlichen Weichselarm. Hier fuhren wir mit einer Fähre. Die Trecks standen Schlange. Aber wir mit unseren Fahrrädern konnten leicht nach vorne und hatten keine Probleme. Wären wir nicht in „Neue Welt" noch einen Tag geblieben, dann hätten wir wieder einen Tag Vorsprung und hätten viele Flüchtlinge hinter uns gelassen!
36 km ging es nun weiter über Schnakenburg - Bohnsack - Neufähr - Heubude nach Danzig.
Wieder wurde es dunkel, kalt und wo wollten wir schlafen? Alles wimmelte von Flüchtlingen. Wohin mit uns? Die „Tobiß-Lichtspiele" waren geöffnet. Also hinein. Alles wieder voll Flüchtlingen.
Ob nun ein Film vorgeführt wurde, glaube ich nicht, denn das hätte ich in meinem kleinen Kalender 1945 vermerkt. Kein Geld, keine Lebensmittelkarten, keinen Ausweis! Horst hatte einen Ausweis, zum Glück! Die 3 Kleider in meinem Koffer! Ich weiß nicht mehr, ob und wo wir uns gewaschen haben. Wir schliefen auf den Klappsitzen mit den anderen Flüchtlingen im Sitzen.

Zoppot

Am anderen Tag ging es weiter nach Zoppot. Meine 5 Jahre ältere Cousine Eva war kriegsverpflichtet bei der Marine, die würde sicher Rat wissen. Wir schoben unsere Fahrräder durch Danzig, sahen uns sogar Sehenswürdigkeiten an und ab 14 Uhr ging es zu Fuß 14 km nach Zoppot.
Keine Marine zu sehen. Durchgefragt und Eva gesucht. Wir erfuhren, dass sie nach Kiel versetzt wurde! Wir kamen uns verlassen vor.
Jetzt hatten wir es auch satt, immer unsere wahre Geschichte unserer gemeinsamen Flucht jedem zu erzählen. Beweise hatten wir sowieso nicht! Also waren wir Geschwister und hatten unseren Treck verloren. Es stimmte ja auch fast.
In Zoppot bekamen wir von der NSV - so steht es im Kalender - ein nettes Privatquartier angewiesen. Betten, richtig gewaschen und mit Handtuch abgetrocknet! Essen, alles fast normal. Wir sahen uns in Zoppot um, blieben noch einen zweiten Tag und mußten ja weiter.

NSV

Später las ich nach, was NSV bedeutete. Es war damals die Nationalsozialistische Volkswohlfahrt. Sie wurde am 03. Mai 1933, nur wenige Monate nach der Machtergreifung durch die Nationalsozialisten als Organisation der NSDAP und eingetragener Verein gegründet.
Die Struktur glich dem Aufbau der NSDAP mit Orts- Kreis- und Gruppenverwaltungen. Sie gliederte sich in sechs Ämter:
- Organisation, - Finanzverwaltung, - Wohlfahrtspflege, - Jugendhilfe, - Volksgesundheit, - Propaganda und - Schulung.
Am Ende des zweiten Weltkrieges 1945 kümmerte sich die NSV um die Flüchtlinge, gab ihnen u. a. Quartier und Essen.
(aus: Wikipedia)

Wir wollten weiter mit dem Zug nach Stolp. Im Ganzen sind wir nun 340 km gefahren. Davon 90 km zu Fuß. Das war unsere bisherige Fahrt. Trotzdem wir nichts hatten, und nichts zu essen, ist es uns nicht immer schlecht gegangen. Es haben sich immer mitleidige Leutchen gefunden.

Wir erzählten den Leutchen natürlich überall, dass wir Geschwister sind. Auch habe ich „saubere“ Wäsche gewaschen. Das hätte ich mir vorher, vor 14 Tagen mit Beginn der Flucht, nicht träumen lassen, dass ich von Horst schmutzige Taschentücher und Socken wasche. Wenn es mir damals jemand gesagt hätte, ich hätte ihn glatt für verrückt erklärt.

In der Nacht zum 02. Februar 1945 haben wir uns so allerhand „geleistet“, so dass die Frau, bei der wir wohnen durften, an die Wand klopfte.
Das war aber erst der Anfang. Am 02. Februar 1945 war Horst früh mit verkehrten Schuhen ausgegangen. Und als wir zurück kamen, fragte die Frau gleich, ob wir nicht die Schuhe von ihrem Sohn gesehen hätten. Das war uns vielleicht peinlich! Morgen wollen wir versuchen, weiter nach Stolp zu kommen.
Am Abend drehte sich Horst vor einem Spiegel und betrachtet sich. Wie schön er doch mit dem Jägerhut aussah!

Gotenhafen

Am 03. Februar 1945 fuhren wir mit dem Zug nach Gotenhafen. Quartier gesucht, nichts. Kein Essen, wo schlafen wir? Dort war ein Cafe auf. Wieder alles voller Flüchtlinge. Abends mußten wir aufpassen, dass wir unseren Sitzplatz behielten und schliefen im Sitzen. Wie hatten wir es doch irgendwie „gut“? Wir hatten kein Gepäck, mußten nur aufpassen, dass wir uns nicht verloren. Und da wir nur zu zweit waren, klappte es. Früh tranken wir etwas kaltes Wasser auf der Toilette und weiter ging´s.

04. Februar 1945

Heute, an einem Sonntag sind wir wieder 55 km gefahren. Das war eine Fahrt, immer gegen den Wind! Gestern haben wir auf der Erde geschlafen und heute sind wir schon in Pommern und zwar über Neustadt in Lauenburg! Wir sind hier in einem organisierten Flüchtlingslager (Schule) untergebracht und haben ordentlich gegessen, dass mir gleich der Knopf von meiner Bluse in der Magengegend abging. Wir konnten uns hinlegen - sicher auf Stroh - und hatten eine Decke zum Zudecken. Am 05. Und 06. Februar „genossen" wir die warme Unterkunft, gingen in die Stadt auf Erkundungen nach den Trecks, nach Lebensmittelkarten, nach Geld sicher auch, denn womit wollten wir bezahlen?
Hier erschien es uns auch ruhig, hier fühlten wir uns sicher. Am 5. Februar abends habe ich soviel gegessen - ich glaube, es gab Erbsensuppe - dass ich tüchtig Magenschmerzen bekam und mich übergeben mußte. War ja auch kein Wunder. Von kaltem Wasser, kaltem Essen und Gefrorenem, auch wohl Angst gehabt und die letzten 8 Tage durch den Schnee das Fahrrad geschoben - da verträgt der Magen nicht viel.
Horst wollen sie mir wahrscheinlich mit aller Macht fortnehmen. Heute wurde er schon zum 7. Mal nach seinem Ausweis gefragt! Wir zogen weiter.

07. Februar 1945

Am 07. Februar 1945 legten wir wieder von Lauenburg bis Stolp 52 km zurück. Von der NSV bekamen wir wieder ein Privatquartier. Minus 3 Grad steht nur in meinem Kalender.
Ich besinne mich aber. Bei einem Bauern bekamen wir ein Zimmer zugewiesen, kalt ungeheizt und fast ausgeräumt. Stroh in der Ecke. Zu essen bekamen wir nichts. Der Bauer kümmerte sich nicht um uns. Ein Zimmer, notdürftig eingerichtet, bewohnt schon mehrere Tage eine Flüchtlingsfrau mit 2 kleinen Kindern. Diese Frau gab

uns zu essen, etwas Warmes zu trinken, sie machte uns Mut. Ich konnte etwas Wäsche durchwaschen, richtig mich selbst waschen und ich sprach mit der jungen Frau, der es nicht anders ging als uns.
Hier ruhten wir uns einen Tag aus - erkundigten uns nach Zügen - aber nichts ging mehr!

Köslin, 09. Februar 1945

Heute sind wir nun schon in Köslin. Wir waren wieder 70 km gefahren und in Lauenburg blieben wir noch bis zum 07. Februar und dann gings nach Stolp (52 km). Dort bekamen wir wieder von der NSV ein Quartier. In meinem Notizbüchlein steht nur: „in einem Gasthof übernachtet". Hier waren wir sogar im Kino: „Der Kampf mit dem Drachen". Größeren Quatsch haben wir bisher nicht gesehen! Aber wer konnte das auf der Flucht haben, Essen und Kino?

Verhungert sind wir auch nicht. Nur fehlen uns Zigaretten! Vor 6 Tagen haben wir die letzte Zigarette geraucht. Jetzt trinken wir dunkles Bier.
Wir leben nur von Rad fahren, Schlafen und Essen. Es war nicht schlecht, verglichen zu den Tausenden von Flüchtlingen, denen es weit schlechter ging.

Heute früh haben wir sogar Weißbrot mit Butter und Marmelade gegessen. Bald wird unser Vorrat erschöpft sein und dann wird wieder „Kohldampf" geschoben.
Horst geht immer zu den Mädchen in die Küchen, ein kluges Wort „schwingen" und erreicht damit sogar immer etwas.

10. Februar 1945

Am 10. Februar 1945 ruhten wir in Köslin aus, um am 11.02.1945 wieder von Köslin aus nach Romau - 60 km - zu fahren, wenn möglich oder zu gehen. Hier haben wir auf Stroh übernachtet und blieben einen Tag dort, um auszuruhen. Gingen wieder ins Kino, dass noch geöffnet und warm war. Wir sahen uns zwei Filme an: „Schwarzer Jäger Johanna“ und „Liebeslüge“.

11. Februar 1945

Am Sonntag, dem 11. Februar 1945 fuhren und gingen wir wieder 60 km über Köslin nach Romau bis nach Reselkow. „Nettes Quartier und gut gegessen“ - steht in meinem Kalender. Ich kann mich auf kein gutes Quartier besinnen, aber sicher schliefen wir nicht im Sitzen oder auf dem nackten Fußboden.

Ab 12. Februar 1945

Am 12. Februar 1945 waren wir 45 km unterwegs und landeten in Naugard in einem Sammellager.
Am 13. Februar 45 war unser Ziel Gollnow. Hier - so wusste ich - wohnten ältere weitläufige Verwandte und die 27 km schaffen wir sicher schnell zum Einwohnermeldeamt - oder wie es damals hieß. Wir erfuhren die genaue Adresse.
Sie nahmen uns gut auf und wir schliefen wieder einmal in Betten.

Auf die Autobahn

Am 14. Februar 1945 ging es auf die Autobahn - an Stettin vorbei - 40 km weiter in ein Dorf. Wieder alles voller Flüchtlinge, wie immer. Eine große Waschküche war bei einem Bauern mit Stroh zum Schlafen „ausgestattet“.
Viele Leute lagen hier dicht bei dicht und ihre Pferde wurden auch versorgt. Der reiche Bauer holte uns beide in sein Wohnzimmer und bewirtete uns abends und früh reichlich und gut. Darauf besinne ich mich noch recht gut, denn das war ja eine Ausnahme!

15. Februar 1945

Am 15. Februar 1945 endlich wieder einmal satt und 50 km auf der Autobahn entlang. Hier konnte man richtig fahren. In einem Dorf haben wir auf Matratzen übernachtet, um am nächsten Tag über Lanke nach Bernau zu gelangen. Wieder 50 km geschafft und wir waren endlich 23 km vor Berlin.

Hier hatte Horst Verwandte und er wusste sogar die Adresse. Wir hatten Glück. Mit der S-Bahn fuhren wir nach Berlin-Lichtenrade und fanden das kleine Häuschen vom Onkel noch unversehrt. Frau und Kinder waren evakuiert.
Nun hatten wir erst einmal ein warmes sauberes Quartier, hatten genug zu essen, so dass ich mir den Magen verdorben habe.
Natürlich Fliegeralarm!
Ich sitze, nachdem wir gut gegessen hatten, in der Küche in dem Häuschen in Lichterade. Horst ist allein zu seinen Verwandten nach Berlin gefahren.
Und das Schönste ist, dass wir nun wissen, wo seine Mutter ist.
Seine Mutter hatte an ihren Bruder geschrieben, dass sie mit den Söhnen in Niederschlema „gelandet“ war. Auch der Dritte Sohn hatte sich „eingefunden“. Als sie über Dresden gleich 1 bis 2 Tage nach dem Angriff auf den Hauptbahnhof war, fand sie ihren ältesten Sohn durch großen Zufall! Er hatte als Luftwaffenhelfer Dienst gemacht.

Niederschlema/Erzgebirge

Wie klang das Wort gut! Gebirge!
Schon in der Schule hatte ich zu Hause einen Schulfilm gesehen.
Er berichtete über die Armut dieser Gegend und berichtete über die Arbeit der Menschen dort, zeigte die kleinen erzgebirgischen Häuschen und wie Kinder mit ihren Klöppelsäcken zur Klöppelstunde gingen. Hätte ich damals geahnt, dass das Erzgebirge später einmal meine Heimat werden sollte?

Am 20. Feburar 1945 wollten wir ins Erzgebirge, aber unsere Fahrräder wurden mit dem Zug nicht mitgenommen. Wieder zurück nach Lichterade und beim Onkel geschlafen. Nachts 2 x Fliegeralarm.

21. Februar 1945

In meinem Kalender steht am 21. Februar 1945 „noch Berlin, um 15 Uhr von Lichtenrade ab, dann vom Anhalterbahnhof ab 20.21 Uhr nach Leipzig." Glücklich hatten wir unsere Fahrräder im Gepäckwagen und einen Sitzplatz!
7 Stunden dauerte die Fahrt bis Leipzig.
Im Zug nach Leipzig wurden mir das erste Mal seit Verlassen der Heimat die Augen feucht. Aber die Hoffnung, oder war es sogar Gewissheit (?) blieb. „Wir kommen ja wieder in unsere Heimat, wenn der Krieg vorbei ist".
Ich glaube, viele Flüchtlinge, Vertriebene dachten damals so, glaubten an ihre Heimat. Das alles anders kommen sollte, ahnte damals keiner.

Als wir dann in Leipzig unsere Fahrräder abholen wollten, waren sie nicht mehr da! Sie waren gestohlen. Nun besaßen wir gar nichts mehr.

Traurig über den Verlust saßen wir bis 14 Uhr in Leipzig im Warteraum. Über Werdau/Zwickau ging es nach Niederschlema. Um 22 Uhr stiegen wir aus. Alles war Dunkel, kein Mensch zu sehen, aber wir fanden das Quartier.

Endlich hatte Frau Söckneck auch ihren vierten Sohn wieder.
Zu mir waren sie sehr nett und ich nannte sie liebevoll später meine „Flüchtlingsmutter". Im gleichen Haus bekam ich bei netten Leuten ein gutes Zimmer.

Nun war am 22. Februar 1945 meine Flucht beendet. Genau einen Monat war ich unterwegs und hatte 789 km, gemeinsam mit Horst, mit dem Fahrrad zurück gelegt.

Baden, geregelter Tagesablauf, nette Menschen, das tat gut.
Aber welches Glück wir auf der Flucht hatten, erfuhr ich erst später.

Erinnerungen an Familie Flick

Die Familie Flick bezog, so erinnere ich mich, ein neues Diensthaus in Tapiau in der Hindenburgstraße, rechts neben dem Abzweig zu den Lehrerhäusern. Meine Eltern wurden von Ihnen eingeladen. Vati und ich fuhren mit dem kleinen Motorrad und Mutti mit meinem Bruder Eckhard mit dem Zug. Abends „bastelten" Herr Flick und mein Vater an der „Verdunklung" von Scheinwerfern. Schwarzes Papier mit Schlitz. Also war es im Sommer 1939. Wir ahnten damals noch nichts von dem Krieg gegen Polen.

Flicks zogen später nach Schlackenwerth bei Karlsbad. Das war weit weg und lag im Sudetenland.Im Februar 1945 bin ich als 19-jährige allein, nach der Flucht aus Ostpreußen in Schlema, im Erzgebirge gelandet.
Das schrieb ich bereits.
Dort kam ich auf die Idee, die Familie Flick in Schlackenwerth zu besuchen, da es nicht weit entfernt lag. So fuhr ich also, ganz allein und fest entschlossen, Bekannte zu finden, dort hin.
Der Zug fuhr über den Erzgebirgskamm, über die dort höchste Eisenbahnlinie nach Karlsbad. Die Schneeflocken wirbelten dicht am Fenster vorbei. Ich war voller Spannung und Erwartung auf das, was mich in Schlackenwerth bei Familie Flick erwartete. Ich wusste nicht, ob sie überhaupt noch lebten, wie es ihnen ging, ob sie dort noch wohnten.
Bis Karlsbad war alles dunkel. Es war Nacht und es waren viele Soldaten unterwegs. In Karlsbad stieg ich in den Zug nach Schlackenwerth um. Immer wieder diese Gedanken, was ist, wenn ich ankomme, was erwartet mich dort?
Der Zug hielt endlich in Schlackenwerth und neben meinem Abteil stieg ein etwas älterer dicklicher Herr in den Zug ein. Ein anderer

Herr, der den „Dicken“ zum Zug gebracht hatte, stand somit bei der Weiterfahrt des Zuges neben mir.
Ich habe wohl etwas hilflos ausgesehen, auf dem dunklen Bahnsteig und so fragte er mich: „Na, kleines Fräulein, wohin wollen sie denn?“ Ich sagte: „Zu Flick´s“.
Er schaute mit überrascht an und fragte „Ursel Kudling?“ Ich bestätige das und er sagte: „Na, dann komm mal mit!“ Es war Herr Flick selbst.
So kam ich zu Flick´s. Eine herrliche Dienstwohnung in einer großen Villa - 1. Etage. Es war mitten in der Nacht und es wurde lange erzählt. Ich erfuhr, dass Evi im Arbeitsdienst und Gerhard gefallen war.
Mit dem „kleinen“ Reiner (weil er sehr groß war) ging ich ins Kino. Ich fragte ihn, ob er mir wohl hier ein Zimmer besorgen könne. Er antwortete: „Nein, fahr zurück!“
Warum, dass erfuhr ich recht bald. Wenig später mußten sie selbst aus dem Sudetenland fliehen.
Ich fuhr zurück nach Schlema.

Neubeginn in Niederschlema

In Niederschlema lernte ich im Sommer 1945 meinen zukünftigen Mann Rolf kennen, denn das Haus gehörte seiner Großmutter.
Bald zog ich nach Zwönitz und bewarb mich im Oktober 1945 als „Neulehrerin“, denn ich hatte ja schon zu Hause als Schulhelferin „die Nase in den Schuldienst gesteckt“.

Da wir damals zum Kreis Stollberg gehörten, durfte ich in Dorfchemnnitz und Kühnheide Unterricht geben. Mit einem alten Herrenfahrrad und einem gefärbten alten Sommermantel, fuhr ich nun von Ort zu Ort.
In der Kühnheider Schule lernte ich damals zu Schulbeginn die erzgebirgischen Räucherkerzchen kennen. Jedes Kind hatte eins mit und die damals 3. und 4. Klasse, die zusammen Unterricht hatten (wie habe ich das damals bloß geschafft?), gaben mir Einblick

in den erzgebirgischen Brauch. Verständlich, dass mir dieser „Duft“ von 20 - 30 Räucherkerzen unvergessen bleibt.

Später kamen viele Flüchtlingskinder aus Schlesien dazu, auch Kinder der Vertriebenen aus damals Ungarn. Wir hatten sogar eine Klasse, die nur aus Ungarn stammenden Kinder zusammengesetzt war. Hier habe ich doch sicher die Bezugscheine für Schuhe an diese armen Flüchtlinge verteilt.
Ich selbst unterrichtet in Gebirgsjägerschuhen, die mein Mann für sich zu klein aus dem Krieg mitgebracht hatte. Sicher wurde ich bestimmt darum beneidet.

Die Armut war groß in den Nachkriegsjahren! Erlebte ich sie doch an mir selbst und wurde täglich durch die Schüler damit konfrontiert. Bald gab es ein „graues“ Brötchen für jedes Kind (für die Lehrer nicht). Auch später wurde im Keller der Schule eine Schulküche eingerichtet. Es gab einfache Suppen - diesmal auch für die Lehrer.

Während des Schuldienstes

Wo waren die Anderen, Eltern, Bruder, Schulfreundinnen?

Natürlich waren meine Gedanken: „Wann können wir wieder nach Hause?“ und „Wo sind meine Eltern, mein Bruder, meine Verwandten und Schulfreundinnen?“

Ein Cousin von mir hatte eine „leichte“ Feldpostnummer, die ich mir gemerkt hatte: „L .. 55“ und er erhielt meinen Brief. Bei ihm „sammelten“ sich alle Verwandten väterlicherseits und so erfuhren wir voneinander.

Erste Kontakte mit Freundlinnen aus der Kindheit und viele gemeinsame Erinnerungen.

Welche Freude! Am 30. März 1989 meldete sich auf eine Todesanzeige im Ostpreußenblatt, das mir meine Erika Mellwin schickte, eine Bekannte aus Tapiau. Es war mein „Hildchen“.
Hilde Kullweit, die mich immer zur „Sonntagsschule“ in die christliche freikirchliche Gemeinschaft in Tapiau abholte. War die Freude groß! Wieder ein Stückchen Heimat.
Ich bekam sogar das Bild von den Volksschullehrern! Auch die mir damals so verhasste Kirche habe ich nun auf dem Bild und auch das Haus daneben, dass ich brennen sah und mir unvergesslich wurde.

Auch einige Angaben über Tapiau und die Adresse von Erika Ballhaus, der Bäckerstochter, die ich immer so wegen ihrer Bleye-Kleider bewunderte. Ich schrieb an sie nach Westberlin. Erika Ballhaus ist sogar mit einem Tapiauer verheiratet.

Ja und beim Betrachten des Lehrerkollegium-Bildes fällt mir ein, dass Lehrer Krüger mein Zeichenlehrer war. Ein kleiner dicker Mann mit Bart kam vor der Zeichenstunde in der Pause ins Klassenzimmer und gab mir Kreide und irgendein Blatt zum Abmalen und ich durfte es an die Tafel zeichnen.

Muß ich wohl doch damals schon ein guter Zeichner gewesen sein.

Ich weiß, ich hatte eine Mappe, in der ich alle Zeichnungen von mir abheftete. Ich war bestrebt, auch Zeichnungen von anderen Leuten abzuheften.

Die schönsten Zeichnungen lieferte mein Vater. Meine sonst so kluge Mutti war „zeichnerisch“ total unbegabt. Es waren die reinsten Witzbilder und mir unverständlich, dass man nicht zeichnen konnte.
Ich sammelte also auch von anderen Leuten bemalte Zeichenblätter. Besinnen kann ich mich, dass ich auch meine nette Nachbarin (Götz Kraul´s Mutti) um eine Zeichnung bat.

Erika Kallasch

Erika Kallasch traf ich erst 1991 beim Metgethener Treffen in Hamburg. Sie hatte ein furchtbares Schicksal durch. Nur kurz schilderte sie mir, wie sie von den Russen in Metgethen überrascht wurden. Die Sowjet-Armee hatte einen Durchbruch erzielt. Sie hatten Königsberg noch nicht genommen, aber plötzlich waren sie in Metgethen durchgebrochen. Metgethen lag westlich von dem Stadtzentrum.
Sie haben dort schrecklich unter der überraschten Bevölkerung gehaust. Man sagt, ähnlich Nemmersdorf!
Meine Erika erzählte mir 1991 folgendes:
Vater und Mutter waren im Krieg und Erikas Mutter sagte: „Gehen wir mal zu Kraschewskis“. Annelie war im gleichen Alter wie wir und nur noch ihre Mutter und jüngere Schwester waren auch alleine zu Hause. Plötzlich standen Sowjet-Soldaten in der Tür! Sie sagten: „sie raus!“ Genau weiß ich es nicht mehr, erschossen sie die Mutter oder ...
Jedenfalls ist die kleine Schwester von Annelie Kraschewski in der Kälte bald umgekommen und die zwei größeren Mädchen erlebten furchtbare Qualen und Grausamkeiten. Erika wollte mir später noch einmal alles erzählen, aber dazu kam es leider nicht! Erika starb kurze Zeit später.

Beim Treffen in Hamburg waren Erika und Annelie besonders nett zu mir. Hielten mich beim Mittag- und Abendessen frei und waren sehr um mich besorgt. Sicher dachten sie, wir haben in der „Ostzone“ auch so gelitten.

Ja, Erika Kallasch war einige Jahre meine liebe Freundin. Im Winter fuhren wir viel Ski im Wald zusammen, „nahmen“ jede kleine Erhebung wahr und träumten davon, im „Gebirge“ mal „richtig“ zu fahren.
Mein Vorbild, mein Traum war Christel Cram, die 1936 Olympiasiegerin im Abfahrtslauf war. Spezialski gab es natürlich noch nicht, aber „richtige“ neue Ski hatte ich zu Weihnachten 1938 oder 1939 bekommen. Leider mußte ich sie im Winter 1941/1942 abgeben. Alle waren aufgerufen, ihre Ski für den Rußlandfeldzug - zum Endsieg - abzugeben. Was sollte man tun? Schweren Herzens lieferte ich sie ab, denn damit hätte ich mich sowieso nicht mehr draußen sehen lassen können.

Mein Mann Rolf - erzählte mir am 08.02 2001, als wir einen Film über die Gebirgsjäger sahen - dass die Gebirgsjäger im Kaukasus mit diesen gespendeten Skiern gefahren sind. Im Januar 1943 beim „siegreichen“ Rückmarsch sah er zwei Waggons auf dem Bahnhof stehen. Vielleicht waren meine dabei?

Ich besinne mich auf ein schönes Erlebnis

Auch blaukarierte Dirndelkleider hatten Erika und ich, mit denen wir stolz gemeinsam unsere Radtouren gemacht haben. Meist fuhren wir bis zum „Wurzelkrug“ und dann rechts die Pillauer Chaussee entlang. Die Chaussee führte Richtung Ostsee.

Auch mit meinem sonnenhungrigen Vater bin ich hier entlang mit seinem Moped im Mai zum Anbaden gefahren. Sehr kalt war das Wasser und am Strand keine Menschenseele. Das kleine Motorrad hatte keinen Sozius und so wurde auf dem Gepäckträger ein Kissen gebunden. Aber Fußrasten hatte es, zum Klappen, wie bei einem richtigen Motorrad. Herrlich war es, wenn der Wind um die Ohren „pfiff“ - herrlich an meiner geliebten Ostsee!

Sehnsucht

Berufliche Weiterbildungen (1. und 2. Lehrerprüfung), Ehe, Geburten meiner Kinder ließen nicht viel Zeit für große Erinnerungen an die Heimat.
Aber je älter ich wurde, je ruhiger ich wurde, je mehr kam die Sehnsucht und die Erinnerungen an die verlorene Heimat.
Wie oft war ich im Traum zu Hause, suchte und suchte..., und wenn ich ganz nahe war, wachte ich auf!
Endlich konnte ich - in der DDR immer noch nicht erhaltene Bücher - lesen. Christa Wolf Buch: „Kindheitsmuster“ gab mir damals den zweiten Anstoß, ein eigenes Buch über mein Leben in Ostpreußen und meine Flucht für meine Kinder zu schreiben.
Erste Gedanken dazu hatte ich bereits damals während der Flucht 1945.

Ich arbeitete nun an einer Dokumentation und „lebte“ wieder in meiner alten Heimat. Ich wurde mir eigentlich erst jetzt richtig bewusst, in welcher großen Stadt ich gelebt hatte!
Dann erschien das Buch von Elisabeth Schulz-Semrau „Suche nach Karalautschi“. Eine West-Freundin - sie war mit einem Schiff auf der Flucht in Norddeutschland „gelandet“ machte mich darauf aufmerksam.
Ich erhielt das Buch in der Zwönitzer Buchhandlung und sah auf dem Umschlag das Königsberger Schloß! Also: „Suche nach Königsberg“.

Ich „verschlang“ das Buch und las es immer wieder. Ich fand mich in diesem Buch wieder!
Ich mußte an Elisabeth Schulz-Semrau schreiben, ihr auch meine Sehnsucht mitteilen. Sie durfte als Schriftstellerin noch kurz vor der Wende (1988) nach Königsberg, jetzt Kaliningrad, reisen und

schrieb danach ihr nächstes Buch „Drei Kastanien aus Königsberg“.
Nach ihrer Reise besuchte sie mich, und wir konnten von Königsberg/Kaliningrad erzählen.
Mein Heimweh wurde immer größer. Jahrelang hatte ich meine Heimatgefühle verdrängt und mich nicht als Heimatvertrieben bezeichnet, weil es in der DDR auch nicht erwünscht war. Gorbatschow weckte Hoffnung. Vielleicht erlebe ich es noch einmal, die Heimat zu sehen? Daß die Innenstadt total zerstört war, wusste ich ja durch die Bombenangriffe 1944. Das in meinem Stadtteil schwere Kämpfe stattgefunden haben und der Russe „arg gehaust“ haben soll, wusste ich.

Erstaunt war ich, als der Bäckermeister Siegried Wetzel in Zwönitz mir in den ersten Nachkriegsjahren erzählte, dass er die schweren Kämpfe in Königsberg mitgemacht hatte und er mich nach meinem Stadtteil fragte. Er kannte auch den Vorort Metgethen und wusste genau. Dass dort schwere Kämpfe waren und das das Postamt, in dem ich zuletzt wohnte, nicht mehr steht.

Als Rentnerin zum ersten Mal in die Bundesrepublik

Damals dufte man erst als Rentner - Rentnerin in die Bundesrepublik fahren. Ich wurde am 27.01.1988 endlich 62 Jahre und konnte endlich in die Bundesrepublik fahren! Wie war die Freude groß, endlich nach über 40 Jahren, Freunde, Verwandte und Bekannte wieder zu sehen. Und was ich für eine gute Zuhörerin war, wenn meine alten Schulfreundinnen mir ihre Schicksale erzählten! Wie wurde mir bewusst, was ich doch alles in den Jahren vermissen mußte! Wie dankbar war ich über jeden Zeitungsartikel, Werbeblätter mit dem Namen meiner Geburtsstadt Königsberg/Pr., über alte und neue Fotos und sogar Bücher! Wie hatte ich Angst, an der Grenze kontrolliert zu werden! Alte „Königsberger Bürgerbriefe“, die Hefte über Wissenswertes über die Stadt. Sie erschienen 2 x im Jahr, schlachtete ich aus, kopierte ich.

Bruno Kudling

Ich stellte mir mit dem jahrelangen mühsam gesammelten Material eine große Dokumentation von meiner Geburt bis 1945 zusammen. Auch einen Königsberger Stadtplan bekam ich geschenkt und so „ging“ ich dann oft durch Königsberg.
Ich war immer sehr traurig darüber, dass über Königsberg nicht gesprochen und geschrieben werden dufte. Es wurde einfach „totgeschwiegen“. Wie oft habe ich aber an der Landkarte in der Schule meinen Schülern meine Heimat Ostpreußen ganz „unauffällig“ in Verbindung mit dem zweiten Weltkrieg gezeigt.
Ich mußte aber immer wieder erkennen:

Es gibt kein Königsberg mehr!

Nicht nur die geografische Bezeichnung ist verschwunden, sondern auch die Architekturenensemble, das über 700 Jahre hinweg am Pregel entstanden war.

Ich erinnere mich an eine wunderbare Reise.
Es ging im Dezember 1988 nach Ratzeburg zu den Mellwiens (unsere ehemaligen Nachbarn aus Metgethen).
Am 03. Dezember 1988 fuhr ich von Aue aus ganz früh mit dem Zug nach Ratzeburg. Mein Mann Rolf hatte mich früh mit dem Auto nach Aue gebracht.

Abends war dann bei Gitti und Frau Mellwien Treffen aller Mellwiens (Hartmut, Erika, Gisela und Brigitte mit Mutter). Es war so eine herzliche Begrüßung, besonders auch von Mutti Mellwien. Es war ihr, als ob ihr „5. verlorenes Kind“ heimgefunden hätte!
Am 05. Dezember machte ich mit Hartmut eine „Butterfahrt“ nach Dänemark. Es war starker Sturm. So ein Sturm, den ich herrlich fand, dass alles durch das Schiff rutschte und die Leute seekrank wurden!
Am 06. Dezember habe ich alleine einen Stadtbummel gemacht. Abends waren wir bei Gitte und Familie. Erika und Gisela mußten dann leider abreisen.
Am 07. Dezember brache mich Hartmut nach Lübeck zum Weihnachtsmarkt und setzte mich in den Zug nach Hamburg. Ich fuhr

zu meiner Cousine Eva und blieb bis 13. Dezember bei ihr.
Am 14. Dezember ab Kassel wieder nach Leipzig zurück, wo mich mein Mann vom Bahnhof abgeholt und nach Hause gefahren hat.

Ich hatte so viele Erlebnisse und konnte wunderschöne Erinnerungen an die Kindheit austauschen.
Ich glaube, ich habe meinem Rolf tagelang darüber erzählt und konnte kein Ende finden. Ich mußte erst einmal alles in meinem Kopf „verarbeiten“.

Bild oben: Bruno Kudling 1960
in Horb/Neckar
Bild unten: Bruno Kudling mit
Sohn Eckhard

Dann kam die Wende

Es kam die Wende. Wir wurden Deutschland. Das habe ich mir zwar immer gewünscht, aber nicht gedacht, dass ich es noch erleben würde.
Und danach wurde auch das nördliche Ostpreußen frei für Besuche.

Mein Traum ging in Erfüllung!

Meine erste Reise in die Heimat - vom 05. September 1991 bis 12. September 1991.
Ich flog ab Hannover mit einer TU 134 nach Minsk. Nach kurzen Aufenthalt ging es mit der gleichen Maschine nach Polangen, in die Nähe von Memel. Mit dem Bus fuhren wir nach Memel, aßen dort Abendbrot und fuhren über Tilsit, Kreuzingen und Tapiau nach Königsberg. Alle waren aufgeregt, je weiter wir in unser „Zipfelchen" von Ostpreußen hineinfahren und wir uns weiter unserer Hauptstadt näherten.

Der Busfahrer fuhr extra langsam durch Tapiau, denn in der Reisegruppe waren 4 Tapiauer dabei. Ich stand im Bus, in der Hoffnung, in der Dunkelheit viel zu erkennen. Da war die Deime-Brücke, der Marktplatz, die Königsberger Straße, in der ich gewohnt habe, die Schule, gegenüber die Turnhalle....
Das war schon echte Heimat! Um 1 Uhr nachts waren wir im Hotel „Kaliningrad" angekommen. Den Rest der Nacht überstand ich mit einer Schlaftablette. Ich war so aufgeregt und freudig auf den nächsten Tag.

Als ich früh aus dem Fenster sah, schaute ich auf die Vorstädter Langgasse mit der Börse. Hier war ich oft von Tapiau aus zu Besuch bei Tante Anna, Onkel Andreas und Cousine Eva. Sie wohnten genau gegenüber der Börse an der Grünen Brücke - später in Metgethen. Es war das Gebäude der Vereinsbank, von wo aus man vom flachen Dach weit über Königsberg blicken konnte.

Und unsere „Domruine"! Links von uns, auf dem Platz, wo das ehemalige Schloß stand, der wunderschöne Prunkbau, nicht fertig gestellt das Haus der Sowjets!
Ich war nicht enttäuscht, kannte ich doch die Stadt nach den Bombenangriffen der Engländer und wusste durch Bildbände und Berichte, wie es nun aussah.

Am ersten Tag die obligatorische Stadtrundfahrt, die aber für mich ein besonderes Erlebnis werden sollte. Wolodja Gilmanow, ein junger bescheidener russischer Lehrer und auch Dozent für Germanistik (ein paar Tage im Monat) war unser Begleiter. Ihm merkte man an, wie sehr er seine Heimatstadt liebte. Er sprach ein einwandfreies Deutsch, kannte jede Straße mit dem ehemaligen deutschen Namen und machte uns auf jedes deutsche Gebäude aufmerksam.

Besonders interessant war es für mich, als wir uns dem Nordbahnhof näherten und es in „meine" Richtung ging! Die Hufen, der Tiergarten, die Lawsker Allee, Ratshof.
Links die Arndt-Straße, zum Ratshofer Bahnhof, dort wohnten in der Nähe die Großeltern! Jetzt kam Juditten und schon waren wir an „meiner" Kirche! 1288 wurde sie aus Feldsteinen gebaut und ist die älteste Kirche von Königsberg und des Samlandes. Den Hügel hinauf sind vor Jahrhunderten Wallfahrer gepilgert - dabei auch ein Hochmeister Conrad von Jungingen. Von außen sah es aus, als wären wir niemals von zu Hause fort! Ich war sehr aufgeregt. Die Stelle des Grabes meiner Mutter kannte ich anhand persönlicher Bindung zu dieser Kirche, da ich zuletzt in Metgethen gewohnt hatte.
Ich fragte nach dem Kant-Häuschen, dass wohl, wie jeder Metgether auch weiß, in Moditten stand.
So wurde unsere Stadtrundfahrt noch eine Suche nach dem Häuschen.

Hier fuhr meine Freundin Marion ja jeden Tag vorbei, wenn sie nach Metgethen zur Schule fuhr. Und ich x-Mal, wenn ich sie oft in Groß Holstein besuchte.

Alle Straßen waren mir unbekannt, kein Haus erkannte ich, denn alle Häuser waren mit wildem Gesträuch zugewachsen.
Aber die Baggerteiche existierten noch, dort war ich auch oft baden.
Oft sprang Wolodja aus dem Bus und fragte Leute nach dem Häuschen. Endlich fanden wir es, sahen es nur von Weitem, neu restauriert (oder war es ein neues Kant-Häuschen?) aber niemand wollte aussteigen außer mir. So mußte ich es leider auch lassen!

Hier schrieb unser Kant: „Beobachtungen über das Gefühl des Schönen und Erhabenen!“ Schönheit kann nur gefühlt werden, eine allgemeine Regel sie zu bestimmen, gibt es nicht. Und der Sinn des Erhabenen? Nicht der Gegenstand, das Motiv ist erhaben, sondern die Idee ist erhaben. Die dieser Gegenstand in unserem Gemüt erregt!”
Wie wahr!

Am freien Sonntag nahmen wir uns ein Taxi und fuhren mit dem Germanistik-Studenten Igor nach Metgethen. Ich wollte unbedingt von Juditten über Moditten nach Metgethen kommen. Wollte den Weg kommen, der „mein“ Weg war. Wie oft mußte ich im heißen Sommer noch schnell die Gräber der Großeltern auf dem neuen Juditter Friedhof „begießen“. Wie oft bin ich hier mit dem Fahrrad „entlang gepeest“.
Ich kannte den Abzweig und rief: „Hier!“ Dann dachte ich aber doch, dass es falsch wäre. Ab und an ein Haus mit Gestrüpp, schmaler Weg, Pfützen, dass ich in Sorge war, der alte Lada bleibt stecken. Nichts wieder erkennbar! Plötzlich die Volksschule. Hier wurde mein jüngerer Bruder Eckhard eingeschult. Ich war doch richtig. Gegenüber das Gemeindeamt und ich rief: „Rechts“. Das Postbeamtenhaus, der Bahnübergang! Ich war zu Hause!

Dass das Postamt nicht mehr steht, da habe ich bald nach meiner Flucht von meinem Bäcker in Zwönitz im Erzgebirge erfahren. Das schrieb ich ja bereits. Aber daß es so aussah, das hatte ich nicht erwartet!! Kein Bahnweg mehr, kein Gebäude bis zum Bahnhof.

Bild oben: Meine Mutter verstarb mit 41 Jahren an Krebs am 03.06.1944 und wurde auf dem Friedhof an der Juditter Kirche begraben.
Foto unten: Mein Vater am Grab

Sabine mit Tochter Maike auf dem Friedhof in Juditten 2001

Nach dem Postamt kam die kleine Fahrradhandlung Zippel und dann unser Kaufmann Paulusch.
Und ich wollte doch für mein „Heimatmuseum“ vielleicht ein kleines Ziegelstückchen, ein Steinchen, einen Ast von den Obstbäumen… finden. Ich war erschüttert!
Kein „Zickzack-Hausen, kein Katscher-Haus“, das war damals der Blick aus dem Fenster der Wohnung.
Also zum Bahnübergang und in Richtung Stadt geguckt. Hier standen wir nach dem 1. Bombenangriff und sahen zur Innenstadt. Der Feuerschein erhellte die Nacht bis zu uns hinaus.
Also zurück zum Postbeamtenhaus. Hier spielte ich mit Margarete Fröhlich und Christa Blacker, deren Väter Briefträger und Leitungsaufseher waren.

Nun: Verwilderter Garten, zerfallene Außentoiletten hinter den Ställen, die ich als Kind so interessant fand.
Igor fragte: „Wie viele Familien wohnten damals hier? Ich „Vier“. Igor meinte, dass jetzt mindestens 8 Familien darin wohnen würden.

Wir fuhren langsam am Bahnhof vorbei zur Gartenstadt. Links am Anfang wohnte ein Schuster und auch „zur Rolle“ ging ich mit meiner Mutter dorthin. Rechts wohnte Peter Nöhring, ein Mitschüler. An der linken Ecke, wo die Straße sich teilte, wohnte Helga Wermke, auch aus meiner Klasse. Wie sahen die Häuser bloß aus? Wir bogen am Ende der Gartenstadt links ab und ich erkannte nichts mehr! Hier war mir alles fremd.
Es war ein Fehler, dass ich nicht darum bat, zurückzufahren, sondern ich von dieser Seite „unser“ Metgethen erkunden wollte. Wie lange haben wir gesucht, bis ich endlich die Oberschule entdeckte! Ich fand mich nicht zurecht! Das große sowjetische Ehrenmal am „Eingang“ zum Hohenzollernweg irritierte mich. Igor fragte viele Leute, wo die Kirche gestanden hat. Endlich wusste es eine ältere Frau. Das Haus vor der Kirche, in der Erika Kallasch - wohnte, erkannte ich. Danach ein Hügel mit Steinen, Geröll und Gestrüpp bewachsen! Das war der Rest der Kirche!! Hier bin ich zum Kin-

dergottesdienst gegangen und von Pfarrer Dr. Salopiata 1941 eingesegnet worden! Und daneben? Ein größeres Haus mit einem Kreuz an der Hauswand.
Darauf machte mich meine Freundin, mit der ich zusammen die Reise gemacht hatte (aus Tapiau und auch ab 1937 in Königsberg-Hufen) aufmerksam. Da bin ich doch in den Konfirmandenunterricht gegangen! Wohnte da nicht auch Dr. Salopiata? Ja, nun wusste ich, wo ich in Metgethen war! Ich muß aber gestehen, dass ich fix und fertig war!

Mich hat der Anblick tief erschüttert!

Ich wollte doch unser schönes Metgethen so in Erinnerung behalten, wie ich es verlassen hatte. Ich machte bewusst keine Aufnahmen und wollte wieder zurück. Metgethen gehört nicht mehr zu Königsberg bzw. Kaliningrad, es ist ein Dorf! So sah es auch aus. Aber den Anblick kann ich nicht vergessen und ich muß mich jetzt bemühen, mir mein altes Metgethen in Erinnerung zu bringen, immer wieder huscht der letzte Eindruck dazwischen.
Meine Freundin erkannte wohl meine riesengroße Enttäuschung und drängte zum Rückweg. Ich kannte nichts mehr!

Nun wollte ich noch nach Groß Holstein. Das Schloß, die Pregelmündung, unser Taxifahrer kannte den Weg.
Eine gute Straße von Juditten aus führte zum Holsteiner Damm. Der geliebte Pregel, der Seekanal, das Haff!!! Hier sind wir von der Königsberger Schule aus gerudert, mit Marion gepaddelt oder gesegelt mit meinem Cousin Klaus.

Aber wie sah das Schloß aus? Das war kein Schloß mehr, das war ein grauer, häßlicher Betonklotz!!! Auch hier drängte meine Freundin zur Rückfahrt, denn sie sah meine entsetzten Zustand.
Ich bereute die Fahrt nach Metgethen und Groß Holstein!
Und doch weiß ich, dass es mir keine Ruhe gelassen hätte, wäre ich dort nicht gewesen! Und ich will wieder hin! Mehr entdecken!

Einen schönen Ausklang hatte der Tag dann doch noch. Unser Taxifahrer Igor fuhr Richtung Innenstadt: Juditten, Ratshof. Plötzlich rief ich: „Hier wohnte meine Klavierlehrerin“. Wir waren nicht die Lawsker Allee weiter gefahren, sondern von mir unbemerkt in die Kaporner Straße eingebogen. Er fuhr sofort noch langsamer.
Hier ging es zum Ratshofer Bahnhof, hier wohnten meine Großeltern. Ich erkannte die breite Treppe zu Lochstädter Straße, gleich das 1. Haus der Reihenhäuser war es. Alles in gutem Zustand. Eine Garage war angebaut. „Mein“ Igor war immer dabei. Er klopfte, eine junge Frau machte auf und er erzählte mein Anliegen. Sofort durften wir hinein und meine Augen wurden sehr feucht! Sehr schön renoviert. Sofort schenkte mir die junge Frau spontan eine Kristallvase. Wir drückten uns, ich fror! Das ganze Häuschen wurde mir gezeigt, modern und geschmackvoll eingerichtet.
Im ersten Stock renovierten sie, die Fenster waren neu gestrichen. Ich wurde darauf aufmerksam gemacht, dass es noch alte deutsche Fenster waren. Also hatte mein Großvater sie auch schon gestrichen!

Im hübschen Wohnzimmer war der Kaffeetisch gedeckt, Wein stand auf dem Tisch, die junge Frau hatte sich umgezogen und Igor hatte viel zu übersetzen. So erfuhr ich, dass die junge sympathische Frau auch Lehrerin ist. Ihr netter, höflicher Mann ist Wissenschaftler und zur Familie gehören noch eine liebe Oma und ein kleiner Junge. Zum Glück hatten wir immer kleine Geschenke in unseren Handtaschen, die sie gar nicht annehmen wollten.
Mit herzlichen Umarmungen und feuchten Augen und einer Einladung, für 1992 zu Besuch bei Ihnen zu wohnen, verabschiedeten wir uns.

So fuhr ich dann doch mit einem lachenden und einem weinenden Auge zum Hotel, den es war höchste Zeit für´s Abendbrot. An diesem Tag schlief ich lange nicht ein, es war für mich der schwerste Tag der Reise.

Auch in Tapiau schloß ich Freundschaft mit einer Deutschlehrerin, die mich mit meinem Mann einlud, beim nächsten Besuch bei ihr zu wohnen. Wir werden - so haben wir geplant - hinfahren, wenn die Grenzen für PKW´s „freier“ werden.

Dann werde ich Metgethen von der richtigen Seite angehen. Ich freute mich drauf.

Metgethener Treffen vom 01. Mai bis zum 03. Mai 1992

Eva´s Mann Peter fuhr uns am 01. Mai nach Hamburg zum Metgethener Treffen. Dort habe ich gleich Annelie Kraschewsi, Erika Kallasch und Marion M. getroffen. Am Tisch saß auch Günther Schißlo mit Frau aus Juditten. Im Zusammenhang mit meiner Reise in die Heimat und dem Kant-Häuschen werde ich noch darüber berichten.

Wir haben über Kindheit und auch die einzelnen Fluchterlebnisse gesprochen. Es war ein bewegender Abend.
Leider wusste ich damals nicht, dass ich dort meine Erika Kallasch zum letzten Mal sah. Sie verstarb später.

Nach dem Metgethener Treffen fuhren Susi Schrader (Freundin aus dem Reichsarbeitsdienst - darüber habe ich schon mit Beginn meine Flucht berichtet) mit ihren Mann Joe und wir, mein Mann Rolf und ich, nach England. Wir fuhren mit der Fähre Calais-Dover. Die Fahrt dauerte 75 Minuten.
Wir blieben vom 8.5.1992 - 17.05.1992 bei Susi, es waren herrliche Tage, Erinnerungen an alte Zeiten und für uns auch ein Kennenlernen der Stadt London.

„Moi“ Kant

Der Königsberger Dom im ehemaligen Königsberg galt als eines der bedeutendsten historischen Bauwerke.
Auf dem Gelände des mittelalterlichen Königsberg (Altstadt, Löbenicht und Kneiphof) existiert oberirdisch kein anderes Gebäude aus der Ordenszeit oder aus mehreren Epochen mehr.
In der Fürstengruft, unter dem Dom, sind u. a. Herzog Albrecht mit seinen Verwandten, sowie Hochmeister des Ordens, Bischöfe, andere Adlige und Georg Wilhelm von Brandenburg begraben.
Sehenswert war der Hochaltar - Triptychon - mit 4 Gemälden von Anton Möller, dem Maler aus Danzig (1563-1611). Der Altar stellte den „Sündenfall“, die „Taufe des Hl. Johannes“ , das „Abendmahl“ und die „Kreuzigung“ dar. (Wikipedia)

In zwei Nächten im August 1944 zerstörten britische Bomber den gesamten historischen Kern Königsbergs. So wurde auch der Dom in schwere Mitleidenschaft gezogen: das Dach, die gesamte Inneneinrichtung einschließlich der Wallenrodtschen Bibliothek waren verbrannt.

Die Domruine wurde seit Ende des Krieges „geduldet“. Wegen des darunter liegenden Kant-Grabmals traute sich die neue Stadtregierung nicht, die Ruine zu sprengen. Im Jahr 1960 bekam der Dom den Status eines Kulturdenkmals. Erst 1993 begannen die Konservierungsarbeiten.
Mit Unterstützung des Förderkreises zur Wiedererrichtung des Königsberger Domes - dazu gehörten
- Die Stiftung Königsbergs
- Die Stadtgemeinschaft Königsbergs
- Die Gemeinschaft evangelischer Ostpreußen
- Die Landsmannschaft Ostpreußen

wurde der Dom wieder aufgebaut. In den Jahren 1995/1996 wurde das Grabmal Immanuel Kant restauriert.

Der Könisgberger Dom ist für Sabine Nebel eng verbunden mit Julius Rupp. Er ist der Vater von Käthe Kollwitz und unterrichtete

als Lehrer am Altstädtischen Gymnasium. Er wurde 1809 in Königsberg geboren und verstarb 1884 in Königsberg.
Sein Grabstein steht heute noch an der Seite des neu aufgebauten Königsberger Domes.

Sabine Nebel war bei ihrer ersten Reise und auch bei der Reise mit ihren Kindern beim Königsberger Dom und am Kant-Denkmal.

Sabine lernte Vita beim Besuch ihrer Tapiauer Schule kennen. Vita ist Lehrerin an dieser Schule und unterrichtet u. a. in dem Fach: Deutsche Sprache. Mit ihr schloss Sabine enge Freundschaft und besuchte sie auch mehrfach zu Hause.

Beim ersten Besuch in Königsberg hatte Sabine ein nettes, unvergessenes Erlebnis:
Vor dem Grabmal von Immanuel Kant stand eine russische Schulklasse.
Sabine konnte nur wenig russisch sprechen und verstehen. Als die russischen Kinder von „Moi Kant“ - mein Kant .. sprachen, mischte sich Sabine freundlich ein und sagte: „Njet, moi Kant!“ - nein, das ist mein Kant ...

Nach ihrem Erzählen gab es anschließend freundliche Worte mit der Klassenlehrerin. Sabine, selbst Lehrerin, war glücklich. Stets erinnerte sie sich, sobald etwas über Kant oder Königsberg gesprochen wurde an: „Njet, moi Kant!“

Sabine Nebel am Grabstein von Julius Rupp

Grabstein Julius Rupp am Dom

Grabmahl Immanuel Kant an der Außenmauer des Doms
Sabine (rechts) mit Tochter Maike (links) und Vita.

Meine zweite Reise im September 1992

Ich suchte das Kant-Häuschen und fand mein Geburtshaus in Judittten

Von einer Reise mit dem eigenen PKW rieten mir alle Landsleute ab. So suchte ich eine Reisegesellschaft, die mich mit dem Bus nach Königsberg und Tapiau mitnahm, aber ohne Unterkunft und Verpflegung, damit ich meinen herzlichen Einladungen nachkommen konnte.

Es wurde eine Wunsch-Traum-Reise!!

Zuerst möchte ich aber die Herzlichkeit, die Gastfreundschaft und das Verstehen für unsere Heimatliebe von meiner Gastgebern erwähnen.
Jeder Tag war von früh bis spät abends ein erlebnisreicher und für mich glücklicher und erfolgreicher Tag.

Abfahrt war am 11.09.1992 mit dem Bus eines Reiseunternehmens mit dem Reiseziel Ostpreußen. Wir hatten vorher mit dem Reisebüro abgeklärt, dass wir in Tapiau aussteigen werden und bei Freunden „unterkommen".

Am 13.09. 1992 holten uns Vera und Vita mit Igor von der Bushaltestelle in Tapiau ab. Vera und Vita hatte ich bereits auf der ersten Reise bei der Suche nach meiner Heimat, nach dem Häuschen meiner Großeltern kennen gelernt. Wir hatten Freundschaft geschlossen.

Als wir am 13.09.1992 aus dem Bus ausstiegen, war die Freude groß. Wir hatten diesmal viele Koffer und Taschen mit Sachen und Spielzeug für die Kinder mit. Bei der ersten Reise haben wir erfahren, was „benötigt und gebraucht" wurde und wollten uns damit bedanken. Die mitgebrachten Sachen wurden dankend angenommen.

In Königsberg wohnte ich mit meinem Mann, einem echten Erzgebirgler, in dem Häuschen meiner Großeltern in Ratshof. Bei unserem „Empfang“, der liebevoll vorbereitet war, erhielt ich ein kleines Ölgemälde des Häuschens.

Ich möchte aber auf 2 Tage besonders eingehen, die für mich gefühlsmäßig und wohl am interessantesten waren, denn ich war wieder in Metgethen, in Juditten und auf der Suche nach dem „richtigen“ Kanthäuschen.
Im letzten Bericht zweifelte ich schon die Richtigkeit an.
Wäre ich doch im Jahr 1991 aus dem Bus gestiegen, dann hätte ich damals schon den Irrtum erkannt!
Professor Wolodja Gilmanow wäre mir dafür sehr dankbar gewesen.
Im Mai 1992 hatten wir, wie im Ostpreußenblatt zu lesen war, ein Metgether Treffen mit großer Beteiligung (170 Pers.). Am 1. Abend saß an meinem Tisch ein Ehepaar, welches scheinbar keine Bekannten hatte. Ich sprach sie an und erfuhr, dass sie aus Juditten waren und in der Juditter Allee gewohnt haben. Es stellte sich heraus, dass wir als Kinder mal zusammen gespielt hatten, da mein Geburtshaus neben seinem kleinen Häuschen stand. Er erzählte mir, dass er aus sichere Quelle wüßte, dass das Haus seiner Eltern als Kant-Häuschen ausgebaut wurde.
Ich wollte es nicht glauben, sollte aber im September 1992 eines Besseren belehrt werden!

Kant-Häuschen

Wir suchen also wieder meinen netten Dolmetscher Igor vom vergangenen Jahr und fuhren wieder gemeinsam nach Metgethen. Ich ging den Ort diesmal von der richtigen Seite an, fand viel mehr als im vorigen Jahr (ich hatte ja den Schock überwunden), aber die Traurigkeit blieb! Es hatte keine Ähnlichkeit mehr mit dem wunderschönen Villenvorort, es stimmte mich wieder traurig.
Die Oberschule war etwas „freigelegt“ und neu verputzt, das war aber das einzige Positive, was mir auffiel.
Ich fotografierte den verwilderten „Platz“, wo das Postamt mal

Immanuel Kant: Gemälde aus dem Jahre 1768 für Johann J. Kanter

Das „Kanthäuschen“ beim Forsthaus Moditten: Die Gedenkstätte an den weltbekannten Philosophen besteht nicht mehr.
Foto: Archiv

stand, den traurigen „Bahnübergang“ und zwei Häuser von Freundinnen. Also jetzt nach Moditten und das Kant-Häuschen gesucht.

Wir fuhren langsam und ich suchte rechts die Abzweigungen nach Groß Holstein. Nichts war mehr ähnlich und ich war ja allein auf mein Gedächtnis und die Flurkarte, die ich stark vergrößert hatte, angewiesen. Ich fand „meine“ Straße von Metgethen nach Groß Holstein nicht.

Da plötzlich, ein großer freier „Parkplatz“, auf dem zwei Autos mit russischem Kennzeichen und einige Leute standen dort.
Igor wusste vom vergangenen Jahr noch, was ich suchte. Also auch wir dorthin!
Igor erkundigte sich, ich stieg aus mit der Flurkarte und Bild und ich war auf die Gruppe gestoßen, die vielleicht eine Stunde vor mir, als am 18. September 1992 den „historischen“ Boden betreten hatte.
Etwas schwierig war es für mich, weil ich den Weg von Juditten zum Forsthaus und danach zum Kanthäuschen nicht kannte. Ich bin immer nur am Kant-Häuschen vorbeigefahren, so wie man es auf einem Foto im Ostpreußenblatt sieht.
Aber ich erkannte die alten großen Lindenbaumstümpfe und fand danach noch die „Trümmer“ bzw. die Reste des Kant-Häuschens. Ich war glücklich und sehr aufgeregt zugleich. Ich nahm ein kleines Stückchen Mauerwerk mit für mein „Heimatmuseum“.
Herr Zlomke, wie ich seinen Namen aus dem Ostpreußenblatt vom 21. November erfuhr, der den schönen Bericht „Legende und Wirklichkeit“ schrieb, hatte keine Zeit, da er am nächsten Tag nach Hause flog. Er meinte noch, in dem er mir den Weg beschrieb. „Da haben wir ja einen Zeitzeugen“.
Das Forsthaus suchte ich nicht. Ich war glücklich, dass ich das Kant-Häuschen gefunden hatte! Die Baumstümpfe der uralten Linden ließen noch die Größe erahnen. An der Linde zierte einstmals zur Erinnerung an den großen Philosophen und seine verfassten Werke eine Gedenktafel mit den Worten: „Die Nacht ist erhaben, der Tag ist schön.“

Auch auf das Innere des Häuschens besinne ich mich. Erschreckend klein! Eine Vitrine mit handschriftlichen Aufzeichnungen und eine Büste von Kant und ein Bett.

Ob ich nun wirklich an den großen Philosophen damals dachte, als Kind? Ich glaube, mich faszinierte immer wieder diese unwahrscheinlich kleine Häuschen und die uralten wuchtigen Linden.

Zu denken gab mir schon vor reichlich 2 Jahren (um 1990) die Beschreibung über das Kant-Häuschen im Buch „Drei Kastanien aus Königsberg“ von Elisabeth Schulz-Semrau.
Auch unterhielten wir uns beide persönlich darüber und ich meinte auch, dass hier unmöglich 3 Familien gewohnt haben können, wie ihr berichtet wurde. Aber in das „russische“ Kant-Häuschen, da hätte man sicher 3 Familien hinein „pferchen“ können! Gibt es denn kein altes Foto von dem Häuschen?

Aber das Glück sollte noch weiter gehen. Jetzt zurück auf die Chaussee Pillau-Königsberg in Richtung Juditten, denn ich wollte noch zum Holsteiner Damm, zum Schloß und zur Preglmündung und meinem Mann die Stellen zeigen, die in meinen Kindheitserinnerungen stark verankert sind.

Das Schloß, dass kein Schloß mehr ist, war neu geputzt und etwas „freigelegter“ als im vorigen Jahr.

Dieses Jahr konnte ich alles fotografieren, wozu ich im vergangenen Jahr nicht fähig war. Wir fuhren noch ein Stück „meinen“ alten Weg, der von Groß Holstein nach Moditten, am Kant-Häuschen vorbei führte. Er wurde immer unwegsamer und endete dann. Ich ging noch etwas zu Fuß weiter, aber der Weg war zu Ende, kein Durchkommen mehr!

Also zurück zur Juditter Allee.

Da stand ja das neue größere Kant-Häuschen, von dem mein Tisch-Nachbar in Hamburg (Günther Schißlo oder so ähnlich) sprach. Ausgestiegen! Es war ja „freigelegt“. Im vorigen Jahr sah ich also doch den Neubau von weitem, aber im „Grünen". Ja, da war ja dahinter die Bahnlinie Königsberg-Fischhausen und daneben?

Das war ja mein Geburtshaus!!!

Dort wohnte ich nach meiner Geburt kurze Zeit bei meinen Großeltern Kriegsmann. Das Geburtshaus war bis 1945 weiß und jetzt sah es rosa aus. Ich war wieder sehr aufgeregt. Mein Mann Rolf hatte es schon - ehe ich es sagen konnte - fotografiert.
Nachdem das „russische Kant-Häuschen" von allen Seiten besichtigt und fotografiert war - immer mit einem Auge zum Geburtshaus hin - gings nun dorthin. Meine Großmutter verkleinerte nach dem Tod meines Großvaters und nach unserem Auszug die Wohnung und auf diese Wohnung konnte ich mich besinnen, wusste aber nicht, ob meine Erinnerungen stimmten!
Ja, sie stimmten! Es ging die Treppe hoch, rechts die Küche, links das Wohnzimmer. Nette Leute ließen uns ein, zeigten uns alle Räume und die Erinnerungen wurden wach! Dort in der Ecke saß das Omchen und hatte so ein kleines Kästchen und Kopfhörer und strickte dabei Socken. Das „Radio" und das Eierschränkchen habe ich nie vergessen.
Aus dem Garten bekam ich von den netten Russen Äpfel geschenkt und überglücklich fuhren wir nach Ratshof.

Am nächsten Tag, einem Sonnabend, fuhren wir gemeinsam mit der jungen Familie mit der Samlandbahn nach Rauschen. Auch ein unvergessener Tag.

Ich wollte mit der Samlandbahn (früher die Linie 7) nach Juditten fahren, zur Kirche und auf den Friedhof, wo meine gerade 41-jährige Mutter 1944 beerdigt wurde. Die junge russische Familie war wieder dabei. Übrigens haben wir uns nur in Schulenglisch unterhalten und es klappte wunderbar.

Also in die Straßenbahn ab Ratshof nach Juditten. Die Lawsker Allee, die Juditter Allee bis zum ehemaligen Bahnhof Juditten. Eine Station vor der Endstation aussteigen, den Frischbierweg hoch und dann links in die Juditter Kirchenstraße zur Kirche und zum

„Grab“ meiner Mutter. Vorher bat ich Jura, dass er mir einen großen Blumenstrauß besorgen möchte.
Der Friedhof war im Gegensatz zum Vorjahr etwas gepflegter. Ein dürftiges Holzkreuz wurde aufgestellt, dass an alle Toten von Königsberg erinnern soll. Die Brennesseln waren nicht mehr so hoch wie im vergangenen Jahr und ein Weg mit Steinplatten führte an der Seite nach unten.
Die Stelle konnte ich ja ziemlich ausfindig machen und so steckte ich die Blumen einzeln zwischen die Brennesseln. Als ich fertig war, reichte mir der liebe Jura noch 2 Sträuße mit Astern zu, die er heimlich in einem Plastikbeutel mitgenommen hatte.
So sah doch die Grabstelle wenigstens für 2-3 Tage geschmückt aus. Ich glaube, ich habe laut mit meiner Mutti gesprochen.

Mit verbrennesselten Fußgelenken - aber doch traurig und glücklich zugleich - ging´s nochmals in die Kirche. Hier war gerade eine Hochzeit nach orthodoxer Art, alles im Stehen. Zuerst versuchte ich etwas dem Geschehen zu folgen, dann machte es mich doch traurig! Hier hatten 1925 meine Eltern auch gestanden und wurden vom Konsistorialrat Lawin getraut. Aber damals war natürlich - wie bis 1945 - alles noch viel schöner. Ich brannte dort natürlich ein paar Kerzen an.

Juditter Kirche

Königin Luise hatte diese Kirche oft besucht. Prof. Knorr hat die Königin gemahlt und das Bild 1883 der Kirche geschenkt. Eine Schenkung Kaiser Wilhelm I. war auch das Bild des Auferstandenen vom selben Maler.
Vor der Reformation war Juditten ein bekannter Wallfahrtsort. Noch im 18. Jahrhundert kamen Wallfahrer zur Madonna auf der Mondsichel. (aus: ostpreuß. Lexikon)

Wir saßen noch eine Weile auf einer Bank an der Kirche. Das alte Pfarrhaus, in dem Konsistorialrat Lawin bis 1945 wohnte und in dem 1700 Johann Christopf Gottscheid zur Welt kam, sah in diesem Jahr nicht mehr so verkommen aus. Ich nehme an, man restaurierte es auch.

Nun ging es zur Waldstraße, den bewaldeten Weg von der Kirche bergab und dann berghoch! Wie traurig sah es hier aus. Auch diesen Schock hatte ich vom vorigen Jahr überwunden.

Das Theodor-Krone-Wäldchen begann an der Ecke mit dieser, für die Kinder so beliebten großen Kiefern mit ihren über einen Meter hohen freiliegenden Wurzeln. Aber wie sah die Kiefer traurig aus! Die Wurzeln waren abgehackt und standen noch frei ab als kleine „Arme“. Das Gasthaus gegenüber fehlte, die Straße war verkommen, das Wäldchen war klein geworden.

Ich zog mit meinen Eltern bald nach meiner Geburt in die Waldstraße in die Villa Dr. Dreher. Hier war mal ein gepflegter Garten vor dem Haus und ein „Hintereingang“ ging gleich in das Theodor-Krone-Wäldchen. Im vorigen Jahr konnte ich den Anblick nicht ertragen! Ich kehrte um, fotografierte aber nicht. In diesem Jahr wollte ich versuchen, die Wohnung zu besichtigen. Erahnen ließ sich noch die schöne mit Säulen verzierte Villa. Ein Stück vom Wäldchen war „Schrebergarten“ geworden.

Dieses Jahr wurde also mit meinen lieben, verständnisvollen Gastgebern als Dolmetscher das Haus angegangen. Eine nette elegant gekleidete junge Frau wollte uns gleich ihre Wohnung zeigen, aber es war das gegenüberliegende! Ganz herzlich und freundlich wurden wir in „meine“ Wohnung eingelassen und ich saß wieder einmal in einem Stückchen Kindheit.

Die Russen können einen Gast doch nicht gehen lassen ohne Geschenke zu machen! So brachte mir die Frau, die sehr krank aussah, ein Packet Weihnachtsservietten.
Sicher eine schwer erstandene Rarität. Mit Äpfeln aus dem Garten und Zweigen von einem großen alten Lebensbaum, auf den ich aufmerksam gemacht wurde, wurde noch ein Foto mit dem Bewohner unserer Wohnung vor dem Haus gemacht.

Ljuba schrieb die Adresse auf und ich hoffe, dass er mein Bildchen erhalten hat.
Diese Besichtigung war nicht eingeplant. Aber trotz der Häßlichkeit dieser einst so schönen Stadt war ich irgendwie glücklich.

Gegenüber von Dr. Dreher wohnte mein Cousin Klaus K. der leider vermißt ist. Bis 1943 war ich noch oft in dieser Straße. Diese Häuser sehen nun aber sehr verkommen aus.

Nun aber zurück. Wieder am Pfarrhaus, der Volkshochschule und den mir bekannten Häusern vorbei, kurz am neuen Friedhof (jetzt Schrebergarten), die Grabstelle der Großeltern besucht, die Juditter Kirchenstraße entlang, bis sie in die Lawsker Allee einmündete.

Hier stiegen wir in die Straßenbahn und fuhren wieder nach Ratshof. Daß ich nun auch in Ratshof, die mir bekannten Straßen zu Fuß besichtigen konnte, war ein weiteres großes Erlebnis.
Der Ratshofer Bahnhof, das Stellwerk, die Treppen, die große Brücke, die Waggonfabrik Steinfurt und der Hafen. Wie vertraut die großen Speicher auf der anderen Pregelseite. Aber wie traurig waren die vielen großen Schiffe im Hafen anzusehen, die zur Zeit nicht mehr benutzt werden.
Mein junger Gast ist Wissenschaftler (Ozeanologe) und auch „seine“ zwei großen Überseeschiffe lagen im Hafen. Jura war arbeitslos.

Ich könnte noch sehr viel erzählen, denn wir waren 6 Tage in Tapiau und 8 Tage in Königsberg und von früh bis abends auf Spurensuche. Ich würde mich nur wiederholen, denn über vieles ist schon in den vielen Berichten geschrieben worden.

Sicher fühlt jeder Mensch anders und hat andere Erinnerungen, gute und schlechte. Die 2. Reise hat mir sehr geholfen, mein Heimweh zu stillen. Ich kam überglücklich und voller so vieler Erinnerungen und Eindrücken wieder nach Hause.
Ganz besonders hat mich gefreut, dass mein Mann Verständnis für mein Heimweh hatte, mit mir auf Spurensuche war und auch von dieser Reise begeistert war.

Sabine und Rolf Nebel 1994

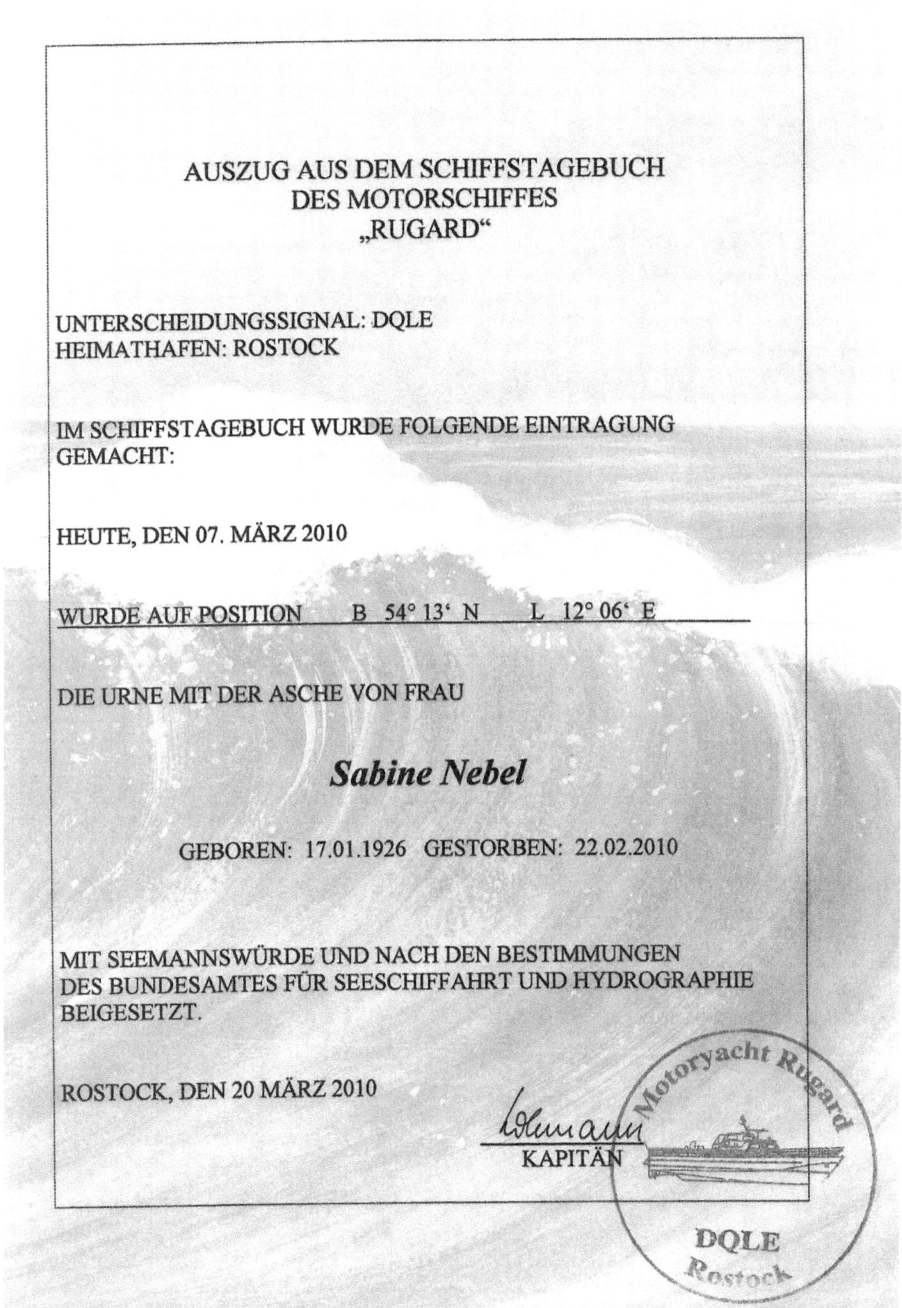

AUSZUG AUS DEM SCHIFFSTAGEBUCH
DES MOTORSCHIFFES
„RUGARD“

UNTERSCHEIDUNGSSIGNAL: DQLE
HEIMATHAFEN: ROSTOCK

IM SCHIFFSTAGEBUCH WURDE FOLGENDE EINTRAGUNG GEMACHT:

HEUTE, DEN 07. MÄRZ 2010

WURDE AUF POSITION B 54° 13‘ N L 12° 06‘ E

DIE URNE MIT DER ASCHE VON FRAU

Sabine Nebel

GEBOREN: 17.01.1926 GESTORBEN: 22.02.2010

MIT SEEMANNSWÜRDE UND NACH DEN BESTIMMUNGEN DES BUNDESAMTES FÜR SEESCHIFFAHRT UND HYDROGRAPHIE BEIGESETZT.

ROSTOCK, DEN 20 MÄRZ 2010

KAPITÄN

Motoryacht Rugard
DQLE
Rostock

Aus dem Schiffstagebuch - Beisetzung Sabine Nebel

Zu Wasser lassen der Urne

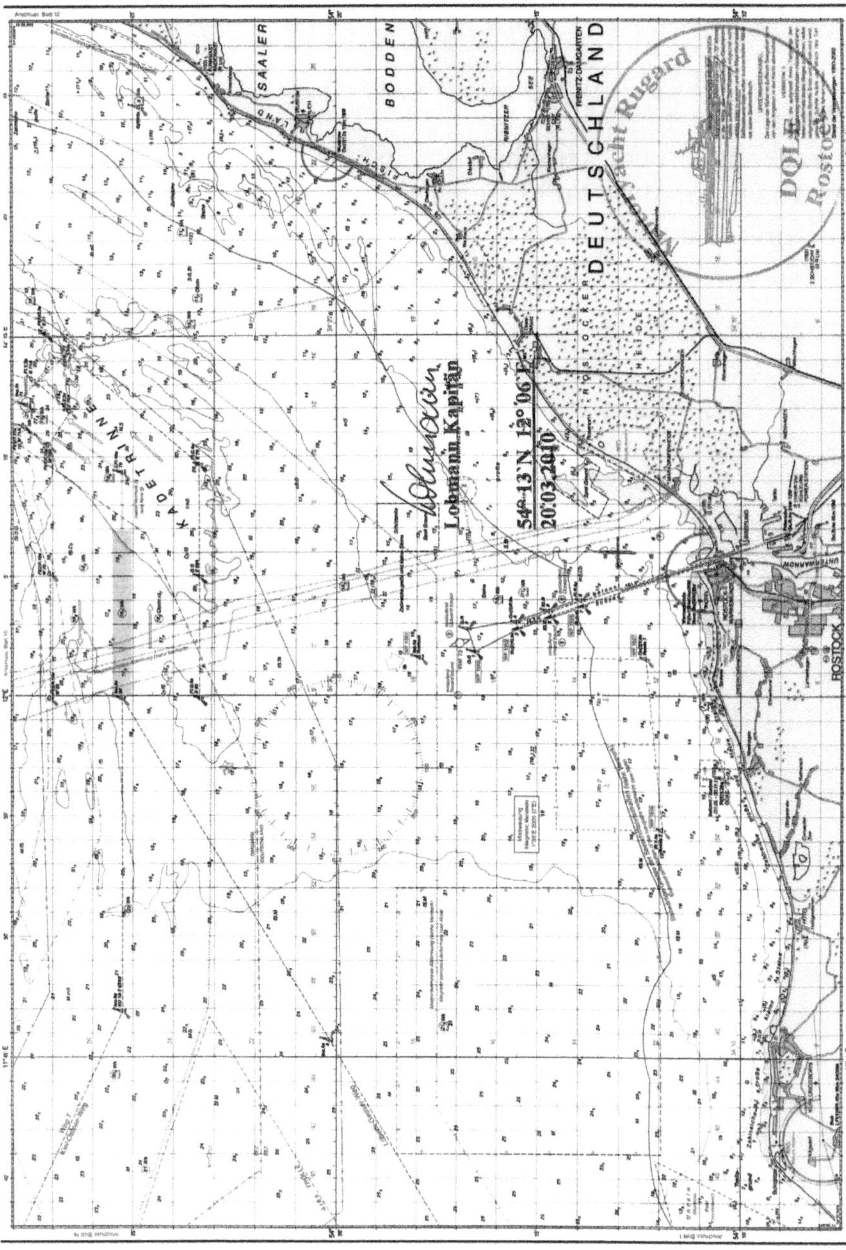

Seekarte mit den Koordinaten der Beisetzung

Nachwort

Sabine Nebel, geb. Kudling wurde am 17.01.1926 in Königsberg Juditten geboren.
Ihr Ziel, ihr „Buch“ zu schreiben, hat sie persönlich nicht erreicht. Krankheiten und mehrere Herzschrittmacher haben ihr in den letzten Jahren die Freude am Leben genommen.
Sie schlief am 22.02.2010 in Aue friedlich ein.

Sie hat uns „Ihr“ Leben in Ostpreußen immer wieder bildlich vor Augen gehalten. Auf unserer gemeinsamen großen Urlaubsreise im August 2001 - Kurische Nehrung, Königsberg und Tapiau- zeigte sie uns voller Stolz und auch mit einem weinenden Auge ihre alte Heimat.

Sie hinterließ uns die „Anfänge ihres Buches“, ihre gesammelten Berichte und umfangreiches Material bis hin zu den Briefen mit Schulkameradinnen.

Besonders möchte ich mich bei ihrem „Flüchtlingsbruder“ Herrn Horst Söckneck bedanken, der mir weiteres Material, Berichte und Erlebnisse, aus dieser Zeit überließ. Er ist mit der Veröffentlichung seines Namens einverstanden.

Dieses vorliegende kleine Buch ist mit den ureigensten Worten von Sabine geschrieben. Ergänzungen wurden im Text und im Anhang nur zu Erklärungen von Begriffen, zum besseren Verstehen der damaligen Zeit, oder Auszügen aus anderen Büchern eingefügt, um zu zeigen, in welchen Zusammenhang ihr Leben, ihre Flucht stand.

Die wahren Namen damals lebender Personen sind aus persönlichkeitsrechtlichen Gründen verändert.
Die Familiennamen Kudling (Eltern) und Kriegsmann (Großelten) und Horst Söckneck wurden belassen.

Gisela Nebel

Anhang

(1) Passagier-Schnelldampfer „Potsdam“

Die „Potsdam“ war ein Passagierschiff, welches nach der damaligen brandenburgisch/preußischen Residenzstadt benannt wurde. Der Stapellauf war 1935. Die erste Probefahrt wurde am 22. Juni 1935 durchgeführt und am 5. Juli 1935 verließ die „Potsdam“ Bremerhafen zu ihrer Jungfernfahrt in Richtung Ostasien.

Mit dem Ausbruch des Zweiten Weltkrieges wurde das Schiff erst in Hamburg und anschließend in Gotenhafen als Wohnschiff für die Kriegsmarine stationiert. Ab dem 17. April 1945 wurde die „Potsdam“ Wohnschiff für die „Küstenbefestigung Mittlerer Ostsee“ in Gotenhafen.
Kurz vor Kriegsende war die „Potsdam“ an der Evakuierung der aus Ost- und Westpreußen flüchtenden Bevölkerung von der Halbinsel Hela beteiligt. Über fünfzigtausend Menschen wurden bei mehreren Fahrten von dem Passagierschiff von Hela abtransportiert.

Ab 20. Juni 1945 wurde die „Potsdam“ an Großbritannien ausgeliefert. Neuer Eigentümer war jetzt das Ministry of War Transport. Nach über 40 Einsatzjahren wurde das Schiff endgültig am 22. Oktober 1976 außer Dienst gestellt und verschrottet.
(aus: Wikipedia und aus dem Buch „Ostsee´45“ von Heinz Schön)

(2) Frisches Haff

Das Frische Haff wird durch die Frischen Nehrung, eine ca 70 km lange und 2 km breite Halbinsel, von der Danziger Bucht getrennt. Das Pillauer Seetief ist der einzige Durchlass zwischen dem Haff und der Ostsee. Die größten Flüsse, die in das Haff einmünden, sind die Nogat und der Pregel. Quer durch das Frische Haff verläuft die Grenze zwischen Polen und der russischen Exklave Kaliningrad. Die bedeutendsten Städte am oder in unmittelbarer Nähe zum Frischen Haff sind Kaliningrad (Königsberg) und Baltijsk (Pillau) in Rußland sowie Elblag (Elbing) in Polen.

Bis 1945 gehörten das Frische Haff und die Frische Nehrung zum Deutschen Reich. Als die Rote Armee am Ende des Zweiten Weltkrieges nach Westen vordrang, schnitt sie tausenden ostpreußischen Flüchtlingen den Landweg ab, weshalb diese den Weg über das zugefrorene Frische Haff nahmen. Tausende erfroren oder starben durch sowjetischen Luftangriffe, welche sowohl aus Bombardierungen der Eisdecke als auch aus Maschinengewehrbeschuss bestand. Infolge des Potsdamer Abkommens wurde das Gebiet im Norden unter sowjetische, im Süden unter polnische Verwaltung gestellt. Heute ist der südliche Teil somit zu Polen gehörig, der nördliche ist der Teil der Oblast Kaliningrad (Rußland).
(aus: Wikipedia)

(3) Schupo

Schutzpolizei - Organisationseinheit bei der Deutschen Polizei (Landespolizei)

Hauptaufgabe war die Aufrechterhaltung der öffentlichen Sicherheit und Ordnung, dazu gehörten u. a. allgemeiner Streifendienst und Verkehrsposten.

Die Beamten der Schutzpolizei wurden von 1920 - 1950 als „Schupo" bezeichnet und noch bis zum 20. Jahrhundert als „Schutzmann".
(aus: Wikipedia)

(4) Pregel

Der Pregel ist ein Fluß in der Oblast Kaliningrad (Königsberg), dem nördlichen Teil Ostpreußens, der heute zu Rußland gehört.

Er ist 123 km, mit der Angerapp, einem der bedeutendsten Zuflüsse, 292 km lang.

Der Pregel entsteht westlich von Insterburg (Tschernjachowsk) aus dem Zusammenfluß von Inster (Instrutsch) und Angerapp und fließt in westlicher Richtung durch weites Flachland. Er hat über die Deime, die bei Tapiau (Gwardeisk) abzweigt, eine Verbindung zum Kurischen Haff.
Der Fluß spaltet sich später in zwei Arme, den Alten Pregel sowie nördlich davon den neuen Pregel. An der Insel Kneiphof (in Königsberg) vereinigen sich die Arme wieder. Der Pregel mündet hinter Königsberg in das Frische Haff.
(aus: Wikipedia)

(5) Bund Deutscher Mädel (BDM, BdM)

Der Bund Deutscher Mädel war in nationalsozialistischer Zeit der weibliche Zweig der Hitlerjugend (HJ). Darin waren im Sinne der totalitären Ziele des NS-Regimes die Mädchen im Alter von 10 bis 18 Jahren organisiert, den Jungmädelbund (JM) der 10 bis 13-jährigen Mädchen eingeschlossen. Auf Grund der ab 1936 gesetzlich geregelten Pflichtmitgliedschaft aller weiblichen Jugendlichen, sofern sie nicht aus „rassischen“ Gründen ausgeschlossen waren, bildete der BDM die damals zahlenmäßig größte weibliche Jugendorganisation der Welt mit 4.5 Millionen Mitgliedern im Jahr 1944.

Bereits 1934 stand in dem offiziellen Publikationsorgan „Mädel im Dienst“ zu lesen, dass die 10 - 14-jährigen Jungmädel sich in Handarbeit und Kochen auskennen und für die „Wärme des heimatlichen Herdes“ sorgen müßten. Auch sollten sie verstehen, ein Heim behaglich einzurichten.
Im Zentrum der BDM-Erziehung stand „die Synthese von körperlicher und hauswirtschaftlicher Ertüchtigung“ in Verbindung mit der Aufgabe „den Zucht - und Auslesegedanken der gesamten weiblichen Jugend zu Bewußtsein zu bringen“. Die „echte deutsche

Maid" habe „Hüterin der Reinheit des Blutes und des Volkes zu sein und Helden aus den Söhnen des Volkes zu erziehen"

Standardkleidung im BDM waren dunkelblauer Rock, weiße Bluse und ein schwarzes Halstuch mit Lederknoten. Die Art der Kniestrümpfe und der Frisur ließen noch individuellen Spielraum. Nicht erlaubt waren hochhackige Schuhe und Seidenstrümpfe. Schmuck war nur in Gestalt von Fingerring und Armbanduhr zugelassen.
Mit dem „Gesetz über die Hitlerjugend" vom 01. Dezember 1936 wurden alle Jugendlichen des Deutschen Reichs zur Mitgliedschaft in HJ und BDM zwangsverpflichtet.
(aus: Wikipedia)

(6) Reichsarbeitsdienst (RAD)

Der Reichsarbeitsdienst (RAD) war eine Organisation des nationalsozialistischen Machtapparates im Deutschen Reich im Jahre 1933 - 1945.
Ab Juni 1935 musste dort jeder junge Mann eine sechsmonatige, dem Wehrdienst vorgelagerte Arbeitspflicht im Rahmen eines Arbeitsdienstes ableisten. Ab dem Beginn des Zweiten Weltkrieges wurde der RAD auf die weibliche Jugend ausgedehnt.
Der RAD war ein wichtiger Bestandteil der Wirtschaft im nationalsozialistischen Deutschland und des nationalsozialistischen Erziehungssystems.
- Reichsarbeitsdienstgesetz vom 26. Juni 1935 -
Während des Arbeitsdienstes lebten die „Arbeitsmänner" und „Arbeitsmaiden" kaserniert in so genannten Lagern.
Die Dienstleistenden waren paramilitärisch eingekleidet und hatten dementsprechende Uniformen und Ärmelbänder. Als Farbe wurde ein erdbraun für Frauen und Männer gewählt.
(aus: Wikipedia)

(7) Auszug nach vorliegenden Dokumenten über den Werdegang meines Vaters bei der Post

Bruno Kudling, geb. am 17.03.1898 in Königsberg

01.12.1931	vom Postanwärter zum Postassistenten
18.12.1936	vom Postassistent zum Postsekretär
03.09.2939	vom Postsekretär zum Postverwalter
16.01.1942	vom Postverwalter zum Oberpostsekretär
und	
24.01.941	silbernes Treudienst-Ehrenzeichen

(8) Königsberg

Königsberg, 1255 gegründet, war von 1457 bis 1945 Hauptstadt und kulturelles sowie wirtschaftliches Zentrum des östlichen Preußen und war die östlichste und nördlichste Großstadt des Deutschen Reiches.
Um 1400 lebten ungefähr 10.000 Einwohner in der Stadt. 12.000 Menschen starben 1601/02 bei einer Pestepidemie. Im Jahr 1813 zählte Königsberg mit 50.000 Einwohnern zu den größten Städten im deutschen Sprachraum und hatte mehr Einwohner als Frankfurt am Main, Stuttgart oder München. In der Folgezeit blieb das Wachstum der Stadt insbesondere durch die Ost-West-Wanderung im Gefolge der Industrialisierung jedoch hinter dem Wachstum mittel- und westdeutscher Industriestädte zurück. Im Jahr 1864 überschritt Königsberg die 100.000-Einwohner-Grenze. Durch zahlreiche Eingemeindungen stieg die Bevölkerungszahl bis 1910 auf 246.000 Einwohner an. Nach dem Ersten Weltkrieg wurde das Wachstum durch die ungünstige Insellage aufgrund des neu geschaffenen polnischen Korridors behindert. 1925 lebten 287.000 Einwohner in Königsberg. Bis 1933 stieg die Einwohnerzahl durch zahlreiche Eingemeindungen auf 316.000. Kurz vor Ausbruch des Zweiten Weltkrieges lebten 372.000 Menschen in Königsberg.

Dichte Bebauung der Innenstadt, in der Mitte das Schloss. Bei den britischen Bombenangriffen 1944 wurden 200.000 Königsberger zu Obdachlosen. Die gesamte hier sichtbare Innenstadt existiert nicht mehr, wich Parks und Grünanlagen. Einzig der Königsberger Dom, der bis 1995 auch Ruine war, wurde (auch) mit deutschen Spenden wieder aufgebaut. (aus Wikipedia)

(9) - Königsberger Schloß

1525 wurde das Königsberger Schloß die Residenz des Herzogs Albrecht. Nachfolgend ging die Regierungsgewalt an den Kurfürsten von Brandenburg über. Königsberg wurde nun die zweite Residenz nach Berlin.

1701 setzte sich Kurfürst Friedrich III., der im Schloß Königsberg geboren war, im Audienzsaal des Schlosses selbst die Königskrone aufs Haupt und krönte sich und seine Gemahlin Sophie Charlotte selbst zum König und zur Königin. Die von 1584 - 1595 neu erbaute Schloßkirche wurde somit die Krönungskirche der preußischen Könige.

Bei den beiden verheerenden britischen Bombenangriffen im August 1944 und während der Schlacht um Königsberg im April 1945 wurde das Schloß stark beschädigt und brannte aus.

Der Schloßturm wurde 1955 gesprengt. Auf Befehl von Leonid Breschnew wurde die Ruine des Schlosses mit dem Kürschner-Turm 1968 endgültig gesprengt und abgetragen, um dem Haus der Sowjets zu weichen, einem Betonungetüm, welches noch heute steht, aber wegen statischer Probleme nie bezogen wurde.
Nur der Unterbau mit den Kellergewölben existiert heute noch. Dort befand sich u.a. das „Blutgericht“,
die Schlossgaststätte. Bei Ausgrabungen wurden jüngst Überreste gefunden.

Im Schloss befand sich seit 1942 das berühmte Bernsteinzimmer.

Das Bernsteinzimmer, ein im Auftrag des ersten Preußenkönigs Friedrich I. gefertigter Raum mit Wandverkleidungen aus Bernsteinelementen, das 1701 bis 1709 in Danzig und Königsberg von den Bernsteinmeistern Gottfried Wolffram, Ernst Schacht und Gottfried Turau nach Plänen des Architekten und Bildhauers Andreas Schlüter angefertigt wurde. Es war ursprünglich im Berliner Stadtschloss eingebaut. Der strahlende Glanz machte es zum „8. Weltwunder". Bei einem Besuch wurde es von Zar Peter besonders bewundert. Im Jahr 1716 schenkte es der Preußische König Friedrich Wilhelm I. dem russischen Zaren Peter den Großen - als Ausdruck besonderer Freundschaft - und im Austausch für Lange Kerls für die Preußische Garde. Dessen Tochter, Zarin Elisabeth ließ das Zimmer zunächst im Winterpalais in St. Petersburg und später im Katherinenpalast in Zarskoje Selo installieren. Fast zwei Jahrhunderte lang befand es sich dort. Die deutsche Wehrmacht führte während des Krieges es nach Deutschland zurück.
Ab 1942 war es im Königsberger Schloss ausgestellt. Seit dem Ende des Zweiten Weltkrieges ist das Bernsteinzimmer verschollen. Es gibt Dutzende Theorien, wo es verblieben sein könnte. Eine Option sind die unterirdischen Gänge, die das Schloss mit dem Dom verbanden und in deren Nieschen Kunstgegenstände gelagert wurden. Diese Gänge wurden in den letzten Kriegstagen 1945 gesprengt und noch nicht wieder frei gelegt.

Auch mit deutschen Spenden wurde eine originalgetreue Replik erstellt, die seit 2003 wieder im Katharinenpalast bei St. Petersburg zu bewundern ist.

(10) Die Ostmesse in Königsberg

Die erste „Deutsche Ostmesse Königsberg (DOK)" wurde 1920 von Reichspräsident Friedrich Ebert eröffnet. Handelte man anfangs nur mit landwirtschaftlichen Investitions- und Verbrauchsgütern, so entwickelte sich die DOK schnell zur zweitgrößten Messe des Deutschen Reiches, nach Leipzig. Neben dem Großhandel hatten auch der Handel mit Kolonialwaren, Eisen und Eisenwaren, Flachs, Hanf, Häuten, Fellen und Leder, Baumaterialien und Kohlen, Textilwaren sowie der Holz- und Brennstoffhandel eine große Bedeutung. Des Erfolges wegen erweitere man die Palette auch durch Industriegüter. Diesem zusätzlichen Ansatz folgend erbaute man 1925 das Haus der Technik. Die DOK stärkte die wirtschaftlichen Verbindungen der Exklave Ostpreußen mit dem Reich und ebnete gleichzeitig der deutschen Wirtschaft die Wege zu den osteuropäischen Märkten. 1930 kamen 120.000 Besucher, davon 2.500 Ausländer. 1937 stieg die Zahl der Besucher auf 204.000. Die letzte Messe fand 1941 statt.

(11) Die Albertina – die Albertus-Universität

1544 gründete Herzog Albrecht die nach Marburg zweite evangelische Universität in Europa, die Albertus-Universität. Sie trug maßgeblich zur Verbreitung der Lehre des 1543 gestorbenen Nikolaus Kopernikus bei. Dieser hatte als Domherr im nahen Fürst-Bistum Ermland in der Frauenburg gewirkt. Die Albertina gilt als eine große Universität der Philosophie und Literatur. Dort wirkten die Philosophen Johann Gottlieb Fichte und Immanuel Kant, der Literat Johann Gottfried Herder, aber auch bedeutende Astronomen, Zoologen, und Botaniker. Auf Initiative des Ornithologen Johannes Thienemann hin wurde 1901 die Vogelwarte Rossitten als „ornithologisch-biologische Beobachtungsstation" gegründet. Die „Vogelwarte", die in engem Kontakt mit der Albertina stand, war die erste derartige ornithologische Forschungsstation der Welt und erlangte Weltruf. Sie wird noch heute betrieben.

1697 kam Zar Peter der Große nach Königsberg. Sein Besuch machte den Anfang für die Entwicklung der kulturellen Beziehungen zwischen Preußen und Russland. Die russischen Studenten kamen zum Studium an die deutsche Albertina und die Königsberger Professoren beteiligten sich an der Entstehung der St. Petersburger Akademie.

(12) Die hohe Düne bei Nidden, die einzige Wüstenlandschaft Europas

Hier wurde 1941 der Film „Quax der Bruchpilot“ mit Heinz Rühmann gedreht.
Die hohe Düne, die man jetzt z.T. bewachsen lässt, um ihre weitere Wanderung zu unterbinden. In früheren Jahrhunderten begrub die Düne ganze Dörfer unter sich.

(13) Der Elch

Der Elch ist eines der Wahrzeichen Ostpreußens noch heute.
Das berühmte Elchdenkmal in Gumbinnen in den 1930er Jahren.

(14) Wappen

Wappen von Königsberg, geschaffen erst in den Jahren nach dem 2. Weltkrieg von der ostpreußischen Landsmannschaft zur Erinnerung an und für die Menschen, die aus Ostpreußen vertrieben wurden. Sie ist identisch mit der Elchschaufel, die dem weltbekannten Gestüt TRAKEHNEN als Brandzeichen der Pferde diente.

Bildanhang

Königsberg. Dichte Bebauung der Innestadt, in der Mitte das Schloss. (Wikipedia)

Schloß etwa 1920

Schloßruine 1945

Haus der Räte

Schlossgaststätte Blutgericht im Keller des Schlosses

Die Ostmesse in Königsberg

Die Albertina – die Albertus-Universität
Die Bilder zeigen das alte Collegium Albertinum am Pregel hinter dem Dom und die sogenannte Neue Albertina (erster Spatenstich 1844, zum 300. Jahrestag der Gründung). Beide wurden 1945 vernichtet.

Ostseelandschaft - Ein Gewitter zieht auf
Foto: Gunnar Nebel

Ostseelandschaft - Einzigartig ist die Wolkenbildung
Foto: Gunnar Nebel

Das Bild entstand 2001 während des Familienurlaubes mit Ehemann Rolf, Tochter Maike, Sohn Gunnar, Enkelin Wencke und Schwiegertochter Gisela (Herausgeberin) Foto: Gunnar Nebel

Sabine mit Enkelin Wencke...
Foto: Gunnar Nebel

2001...auf der hohen Düne, die man jetzt z.T. bewachsen lässt, um ihre weitere Wanderung zu unterbinden. In früheren Jahrhunderten begrub die Düne ganze Dörfer unter sich.
Foto: Gunnar Nebel (Angaben aus Wikipedia)

oben: Wappen von Ostpreußen alt und neu
unten: Wappen von Königsberg, daneben die Elchschaufel
Foto: Wikipedia

Schloss Groß-Holstein an der Pregelmündung/Holsteiner Damm 1936 und 1992. Hier verbrachte Sabine ihre schönste Zeit mit Ihrer Freundin Marion.

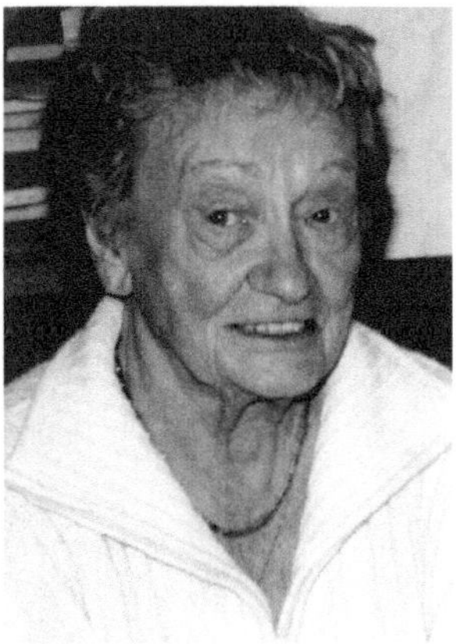

Sabine Kudling wurde am 17. Januar 1926 in Königsberg/Juditten geboren.
Sie floh am 27. Januar 1945 mit ihrem „Flüchtlingsbruder“ von Königsberg aus über Danzig, Berlin, Leipzig und fand in Zwönitz/Erzgebirge - in der DDR - ihre zweite Heimat.

In den Monaten vor ihrer Flucht war sie bereits als Schulhelferin tätig.
Gleich nach der Flucht wollte sie ein Buch über ihre Kindheit und Jugend in Ostpreußen und die Erlebnisse der Flucht schreiben.
Diese Gedanken ließen sie nie los, aber der Alltag - sie wurde Lehrerin - und die Aufgaben als Ehefrau und Mutter füllten ihr Leben aus.

Dazu kam, dass sie aus ihrer Familie die Einzige war, die nach der Flucht im Osten Deutschlands gelandet war.
Sie suchte und fand Im Laufe der Zeit ihren Vater, ihre Stiefmutter, ihren Bruder und Onkel und Tanten und ihre Schulfreundinnen wieder. Sie alle lebten alle im westlichen Teil Deutschlands.
Sie suchte stets den Kontakt und erhielt im Laufe der Jahre Fotos, Dokumente und konnte sich, auch wenn die Beziehung DDR - BRD noch kompliziert war, mit den ihr lieben Verwandten treffen und Erinnerungen austauschen.

Den Gedanken, „ihr“ Buch zu schreiben, hatte sie nie vergessen. Sie schrieb Berichte, Erlebnisse auf, veröffentlichte sie zum Teil im Königsberger Bürgerbrief und im Wehlauer Heimatbrief. In Ruth Geedes Buch „Das Bernsteinkettchen“ findet sich auch eine Geschichte von ihr.
Bevor sie ihr Buch zu Ende schreiben konnte, wurde sie krank.

Nach der Seebestattung in Warnemünde - „sie wollte zurück nach Königsberg schwimmen“ - entstand der Gedanke, ihr Buch zu vollenden.